长篇报告文学

心有大我　至诚报国

黄大年

吴晶　陈聪◎著

时代文艺出版社

图书在版编目（CIP）数据

心有大我 至诚报国——黄大年 / 吴晶，陈聪著.
—长春：时代文艺出版社，2017.12

ISBN 978-7-5387-5516-9
Ⅰ. ①心… Ⅱ. ①吴… ②陈… Ⅲ. ①报告文学—中国—当代 Ⅳ. ①I25

中国版本图书馆CIP数据核字（2017）第281840号

策　　划　蔡名照　何　平
　　　　　王晓萍　张宿堂
　　　　　杨振斌　赵　承
　　　　　董维仁　王　颖

出 品 人　陈　琛
产品总监　郭力家　邓淑杰
责任编辑　陈秋旭
封面题字　赵志强
装帧设计　孙　利
排版制作　隋淑凤

心有大我　至诚报国——黄大年

吴晶　陈聪 著

出版发行 / 时代文艺出版社
地址 / 长春市泰来街1825号　时代文艺出版社　邮编 / 130011
总编办 / 0431-86012927　发行部 / 0431-86012957　北京开发部 / 010-63108163
官方微博 / weibo.com / tlapress　天猫旗舰店 / sdwycbsgf.tmall.com
印刷 / 北京卓诚恒信彩色印刷有限公司
开本 / 720mm × 990mm　1 / 16　字数 / 97千字　印张 / 9.5
版次 / 2017年12月第1版　印次 / 2017年12月第1次印刷　定价 / 38.00元

图书如有印装错误　请寄回印厂调换

习近平对黄大年同志先进事迹作出重要指示强调

心有大我　至诚报国

把爱国之情　报国之志

融入祖国改革发展的伟大事业之中

融入人民创造历史的伟大奋斗之中

新华社北京5月25日电　中共中央总书记、国家主席、中央军委主席习近平近日对黄大年同志先进事迹作出重要指示指出，黄大年同志秉持科技报国理想，把为祖国富强、民族振兴、人民幸福贡献力量作为毕生追求，为我国教育科研事业作出了突出贡献，他的先进事迹感人肺腑。

习近平强调，我们要以黄大年同志为榜样，学习他心有大我、至诚报国的爱国情怀，学习他教书育人、敢为人先的敬业精神，学习他淡泊名利、甘于奉献的高尚情操，把爱国之情、报国之志融入祖国改革发展的伟大事业之中、融入人民创造历史的伟大奋斗之中，从自己做起，从本职岗位做起，为实现“两个一百年”奋斗目标、实现中华民族伟大复兴的中国梦贡献智慧和力量。

黄大年同志是著名地球物理学家，生前担任吉林大学地球探测科学与技术学院教授、博士生导师。2009年，黄大年同志毅然放弃国外优越条件回到祖国，刻苦钻研、勇于创新，取得了一系列重大科技成果，填补了多项国内技术空白，今年1月8日不幸因病去世，年仅58岁。

目　录

引　子

“轻轻的我走了，正如我轻轻的来。”

七年前，迎着飘飞的雪花，他从剑河之畔回到北国春城，只为赴一个与祖国的约定。

七年后，依旧是大雪纷飞，这个像转子一样超速运转的人，在五十八岁的盛年猝然离世。唯留一段传奇，震撼世间心灵：

他的回国，能让某国的航母演习整个舰队后退一百海里；

他的回国，加速推动中国深探事业用五年时间走完了发达国家二十年的道路！

黄大年——

当人们含着热泪传颂这个名字的时候，他已经永远闭上了双眼。

有人说他是大地的儿子，因为他一生与地球物探[①]相连。

有人说他是璀璨的流星，那燃烧的生命之火，仍在大地深处，漫散炽热。

① 地球物探：即地球物理勘探。地球物理勘探是以岩石、矿石（或地层）与围岩的物理性质差密度、磁化性质、导电性、放射性差异为基础，是地质学专业术语。地球物理学用物理学的原理和方法，对地球的各种物理场分布及其变化进行观测。

最后的战场

2016年12月13日，当冬日的第一缕阳光照进吉林大学第一医院1265病房，黄大年已经打开电脑开始工作。

九天前，助手于平根据医生的建议，“逼”着他到吉大一院做了检查。之后，黄大年又马上赶到北京开会，回来还没喘口气儿，他就拿到了住院通知。

这一夜睡得不太安稳，黄大年从医生口中得知病情和手术方案，隐隐有些不安。他把弟弟妹妹从外地喊来，一同吃了顿久违的团圆饭，还特别叮嘱不要把生病的消息告诉远在英国的女儿黄潇。小外孙很快就要出世，不能让潇潇分心。

“黄老师！吃早饭了！”秘书王郁涵拎着饭盒走进了病房。

“小王，来，这件重要的事，要交给你办。”黄大年从枕头旁边拿过一个硬盘，递到她手里。

“这里面是一些需要妥善保管的资料，收好了。万一我不在了，要把它交给学校，交给国家。”

◎ 黄大年在美国斯坦福大学参加学术交流会

“黄老师，您身体这么好，医生说手术很简单，您别多想，不会有事儿的。”王郁涵说着，眼圈有些泛红，她赶紧低下头掩饰着，去摆弄那个饭盒。

很快，来探视的师生打破了凝滞的空气。大家又像往常一样，排着队等黄老师布置任务、答疑解惑——

“孙勇，这是我对一些研究方向的新思考，你回去琢磨一下，等我手术后咱俩再交流。”

“焦健，我找了一些文献资料和软件程序，你带回去给学生们看看。”

……

一谈就是两三个小时。青年教师焦健看黄老师面有倦色，就张罗着让大家先回去，让黄老师好好休息。

病房安静下来。

手机“叮”的一声响，黄潇在他们一家三口的群聊中发来了宝宝的彩超图像。

黄大年推了推眼镜，凑近手机，细细看着。这孩子，宽宽的额头、翘翘的鼻子、大大的耳朵，越看越喜欢。

他回了三个微笑的表情，又另加了三个握手的符号，给心爱的女儿鼓劲儿。

“妈妈最近怎么样？”黄潇用英文问他。

“她很好。”

“她的车需要安装雪地胎哦。”父女俩像往常一样，远隔万里，互发着温馨的笑脸。

整个下午，病房依旧人头攒动。校领导来了，黄大年提了一些学科建设的规划设想；学生周文月来了，他又详细询问她申请赴英留学的进展；国家“千人计划”[1]专家马芳武、王献昌来了，黄大年请他们坐在沙发上，自己拉个小板凳，兴奋地聊起新兴交叉学科的研究方向……

每隔两小时来做例行检查的护士长谷玥看着来往的人群暗想：这个黄老师笑呵呵的，人缘儿可真好。

傍晚，师生们见黄老师累了，就要离开，想让他多休息休息，黄大年却拉住他们说：“你们别走，我想和你们在一起……”

等到护士进来说要做术前肠道准备，黄大年又催着大家都回去：“明天手术完了又见面了。”

望着大家的背影，黄大年的笑容慢慢退去，他痴痴望着窗边学生们送来的鲜花，有些出神。

“黄老师，您是不是有什么不舒服？”谷玥走了进来。

“没事，我就是有点儿急。”

“急？您急什么呢？明天就手术了，从上海请了最好的肝胆外科手术大夫来主刀，您的病一定会很快好起来的。”

“我知道，我说的不是这个，我手头还有很多事情没有做……”

“您别急，黄老师，您出院以后很快就可以继续工作了。”

① “千人计划”：即“海外高层次人才引进计划”，简称“千人计划”，主要是围绕国家发展战略目标，同时，各省（区、市）也结合本地区经济社会发展和产业结构调整的需要，有针对性地引进一批海外高层次人才。

黄大年闻言一笑，再没说什么。

两次灌肠持续了半个多小时。一切又安静下来。

窗外是呼啸的北风，摇动着人的心神，黄大年拿起手机，翻看着朋友圈。当晚7时59分，他发了这样一段文字：

> 人生的战场无所不在，很难说哪个最重要。无论什么样的战斗都有一个共性——大战前夕最寂静，静得像平安夜。无聊中翻看我的第一页微信相册，记录了2009年圣诞节后，把英国剑桥十多年的家移到长春南湖边的日子。在湖边的上班路上奔忙，一晃又要到第七个圣诞节了。脑子里满是贺卡、圣诞歌、圣诞礼物、圣诞树等忙碌后的放松感和浓浓的节日气氛。它提醒职场拼搏的人们，事业重要，生活和家庭同样重要，但健康最重要！

晚8时53分，这条朋友圈文字受到许多人关注，于是黄大年又写了一句："谢谢大家鼓励，明天上午开始，暂时失联一小段时间。"

望着窗外的暗夜，他拨出了一个电话。

"喂，大年，现在听清楚了吗？"

"清楚了，现在清楚多了。"

北京的一栋居民楼里，他的大学同窗、中国地质科学院原党委书记王小烈听出他语气有些消沉，赶紧找了安静的地方听电话。

"小烈，我现在在医院，医生说我的胆囊里长个小瘤子，很危险，医生说有两套方案……"

黄大年后来说了什么，王小烈没心思听了。耳朵里"嗡"的一声，好像脑袋都要炸开了。他没想到生龙活虎的大年会生病，还是这样的病。

“大年，你放心，别有什么负担，上海最好的医生都请过来了，手术肯定没问题。”王小烈强作镇定地给老友打气。

黄大年似乎没听到，又接着说：“手术的时候，会打三个洞，把胆囊取出来以后，马上做切片，如果是恶性肿瘤，就开刀，良性的话就不用。”

不知是不是手机信号的原因，黄大年的话有些断续，语气也没平时那么平稳有力。两个好友断断续续说了将近一个小时，从生病说到锻炼，从工作说到子女，又从退休说到旅游……

“人生的战场无所不在。”王小烈怎么也没想到，那个游泳、打球样样精通，好像总在路上奋力奔跑的人突然就倒下了。

直到很久以后，王小烈还记着电话挂断前，黄大年说：“小烈啊，等我好了，把这些事做完，咱们两家做伴儿出去走走，我背上我那个相机，好好给你们照点儿相。”

再没有人知道，生命中最后的平静一夜，黄大年还想了什么，做了什么。

唯一能确定的是，2016年12月13日凌晨1点，他给周文月发去微信，说他已经给剑桥大学发送了邮件，推荐她去攻读博士学位。

黎明时分，他用最喜欢的《再别康桥》中的金句，改写了微信的签名档：

“轻轻的我走了，正如我轻轻的来。”

“我的祖国更需要我”

2009年12月24日傍晚，伦敦希思罗机场的候机室异常冷清。这是圣诞来临前的平安夜，大多数人都选择在家中欢度节日。

一个黄皮肤、黑头发、戴着眼镜的中年男子，独坐在落地窗边的座位上，望着机场跑道出神。他脊背挺得笔直，身上的黑色呢子大衣被宽厚的肩膀撑得满满的，手边只有一件手提箱和一个黑色的双肩包。

没有人知道，这个人就是在英美等国盛名远扬的航空重力学①研究和深地探测领域的传奇人物——黄大年。他主要研究一种高级“CT机”，透视的对象不是人体，而是人类脚下的大地和浩渺的海洋。

“是时候回去了。”黄大年喃喃自语，低头看了一眼手中那张国航938航班的机票。中转站：北京；目的地：长春。

---

① 航空重力学：是固体地球物理学的主要分支学科，是把特制的重力仪装在飞机上进行连续测量的一种重力测量学科。

◎ 黄大年（右二）与家人在英国

就在几天前，他刚刚把妻子张艳送上了这趟飞往中国的航班。张艳父亲病危的消息传来时，她什么都不顾地赶回了长春。

想到妻子这阵子憔悴的样子，黄大年的心一下子缩紧了。他的思绪不由飘回到半年前高平的到访。

高平是国土资源部科技与国际合作司副司长。2009年初，她把国家启动“千人计划”的消息传给了黄大年。

5月，正是剑桥最美的时节。按动门铃前，高平在黄大年家的花园洋房门口转悠了一小会儿。虽然早就听说大年是莳弄花草的高手，还真是没想到他家的花园竟然有这么美。娇嫩的青藤从一楼爬上二楼，从墙里蜿蜒到墙外。花园里的樱桃树上，圆溜溜的小樱桃挂满枝头，像是晶莹闪烁的玛瑙。

“高平，快进来！咖啡煮好了！”屋子里传来又急又重的脚步声，还有黄大年清明透亮的嗓音。

高平走进屋内，发现大年家的条件比想象中更好：房间通透明亮，高大的壁炉气派庄重，一尘不染的钢琴上，摆放着一家人温馨的合影，房间里飘着咖啡的醇香，阳光给客厅铺上一层柔曼的轻纱。

寒暄了一会儿，高平入了正题，可是一开口，语气却有些游移，“大年，我一直特别希望你回来，但是我现在看了你的家，还是想劝你，你是不是再好好想一想？毕竟黄潇还在上大学……”

“高平，我已经考虑得很清楚了，早就该回去为国家做点儿事情了。”黄大年身子前倾、坐得笔直，急切地接过了她的话。

“国内可能比不了国外的条件，你和张艳现在周末就能出去郊游，在国内可能就是五加二、白加黑，还可能会遇到你本来没必要受的苦……”

“你知道的，物质条件对我一点儿意义都没有。”黄大年诚恳地望着她说，又站起身来，用手指了指窗外，“你看，我在这儿，充其量就是个花匠，过得再舒服，也不是主人……我真的不用再想了，已经想好了！”

高平见他态度坚决，又转向对坐在一边沉默不语的张艳道：“你呢？妹妹？你舍得回吗？大年回去有他的事业，你回去呢？”

张艳看了看他，又看了看高平，脸上始终挂着淡淡的微笑，“大年去哪儿我去哪儿。我知道他，他想做事。”

她的眼里，有藏不住的深深的依恋。她知道，为了这一刻，他已经等了太久了。可是，她也难以割舍这苦尽甘来的剑河生活啊！

这里，有他们亲手布置起来的房子，有还在读书的女儿，有她成功经营的两家中医诊所，有简单平静的田园生活，还有相濡以沫的所有记忆：他艰苦求学，她守家烧饭；他熬夜研究，她捧上夜宵；他养花，她种菜，岁月静好……

她知道，一路走来，他有多少骄傲的笑容，就有多少辛酸的泪水。

1992年的那个寒夜，初到英国，找不到住宿地址，他在街边的电话亭里“蹲”了一宿；1997年，重返英国，进入英国ARKeX公司[①]工

① ARKeX公司：是英国一家以生产重力梯度仪为主的新企业，致力于航空重力梯度仪的研究，应用超导技术来解决分辨率问题。

作，语言刚过关又遇文化隔阂，他深感融合之难，常常辗转反侧。

人到中年，黄大年可谓功成名就，可他心中却仍有一种难以填补的失落。那其中，有“总把他乡作故乡”的惆怅，也有“万里长城家，一生唯报国”的豪情。

这些年，每当黄大年听说有国内师生要到英国访学开会，他会连夜打扫卫生、购置食品，把自己的家当成他们旅途辗转的接待站；当他听说大学同学家中困难、身体抱恙，他会用最快的速度冲到邮局，为同学汇去几千元钱；当他得知北京要申办奥运，他发动一批留学生走上街头，担任奥运志愿者；当他渐渐在国际上有了名气，就利用各种假期回国讲学，介绍各国专家到吉林大学①做讲座，以至于后来为了方便接待他，学校专门为他创设“流动编”教授岗位……

岁月见证，当初那个从大山深处坐着绿皮火车、颠簸四天三夜到校报到的青年，凭借不懈的努力，成为改革开放后新一代知识分子中当之无愧的佼佼者。

多年后，当黄大年载誉归来，祖国已今非昔比。空气中，仿佛处处涌动着创新的因子，那个深埋在他心中的“报国梦”就如火山喷发，喷薄浓烈、势不可当。

每一次，在圣诞假期回母校讲学，都是大雪纷飞的寒冬时节。

---

① 吉林大学：是教育部直属的全国重点综合性大学，坐落在吉林省长春市。学校始建于1946年，1960年被列为国家重点大学，1984年成为首批建立研究生院的22所大学之一，1995年首批通过国家教委“211工程”审批，2001年被列入“985工程”国家重点建设的大学，2004 年被批准为中央直接管理的学校。

黄大年总是一大早就来到学校操场，踩着厚厚的积雪走一走，然后热烈拥抱前来欢迎他的“同门师兄弟”，一道去往“地质宫”[①]。

两个多小时的讲座结束，他常会微笑着问同学们还有什么问题？然后继续和大家聊上个把小时，茶水早已放凉也浑然不觉。

一次次的越洋穿梭，回国这个想法，渐渐从朦胧的怀旧化作浓烈的渴望，成为他心灵深处激情澎湃的涛声。

2008年除夕夜，黄大年邀请外国朋友到家中聚会，大家被中国的饺子和春节晚会吸引了。他十分兴奋，一晚上都在给大家普及中国文化。后来，他一下子停住讲话，看着荧屏，出神听着，眼中涌出了泪，此时电视里正响起《难忘今宵》：“共祝愿祖国好，祖国好。”

张艳知道，大年放不下祖国。这里纵使千好万好，也无法取代那片生他养他的土地，也无法取代那个实现他梦想的母校。他只愿做祖国大地上一株傲然挺立的松柏，而不再是剑河柔波里一条随风摇曳的绿草。

一天，黄大年收到母校——吉林大学发来的邀请，希望他借国家“千人计划”实施的契机，回长春去工作。当他兴冲冲回到家，把这个消息告诉张艳时，妻子知道他一直在思考的问题终于有答案了，而她一直在纠结的选择终于摆在了面前。

望着他激动的神情，她一时竟不知该怎样回答。而他，看出了

---

① 地质宫：长春地质宫位于“伪满八大部”建筑中心区——解放大路与新民大街交会处，是吉林大学朝阳校区（原长春地质学院）的教学楼，地质宫曾为日伪新宫内府所在地。

她的犹豫，心中竟有些慌乱，脱口而出一句半开玩笑的话："这一次，你要是不跟我回国，咱们就只能离婚了啊！"

她一愣，眼圈红了。他上前轻轻按住她的肩膀，劝慰道："你不跟我回去，我没法全心投入工作。"

那一晚，夫妻俩再没说什么。对着月光，他们坐在钢琴旁，你弹我唱，重温了恋爱时最爱的那首《爱在深秋》："有日让你倚在深秋，回忆别去的我在心头，回忆在这一刻的你，也曾泪流……"

等到女儿放假回家，他和女儿促膝长谈："潇潇，有这样一个机会，爸爸等了很久，我想回到中国去。"

黄潇知道，爸爸早就有这个想法。她敲了敲他的肩膀，笑着说："爸爸，我支持你，这个想法挺好的！我一个人在这里没有问题。"

原本，时任吉林大学地球探测科学与技术学院院长刘财只是试探性地给他发了邮件，可没想到，黄大年很快就回复说："多数人选择落叶时归根，但作为高端科技人员应该在果实累累的时候回来更好，而我现在正是最有价值的时候，应该带着经验、技术、想法和追求回去，实现报国梦想。"

很快，黄大年打算回国的消息传开了。

英国ARKeX公司的负责人立刻约他到办公室谈话：

"黄，你对现状有什么不满意吗？"

"没有，我只是想回我的祖国去工作和生活。"

"你已经是研发部的主任了，你们中国人做到这样很不容易，你非常优秀，放弃这个职位会很可惜。"

“谢谢！我回到中国还会继续这些研究。”

“你如果从这里离开，必须承诺不使用这里的研究成果，否则公司有权追究你的责任。这点你清楚吗？”

“我非常清楚，我会递交辞职报告、签署保密协议，终生恪守我的承诺。”

“可是黄，请给我一个能让我信服的理由，为什么非要离开？公司很需要你，你还可以有很多机会。”

“只有一个理由，就是我的祖国更需要我。再次感谢！”

同事们都堵在走廊：“伙计，别走！”“我们都是冲着你来的，你在这里，我们会有更多成果。”

黄大年麾下三百人的“多国军团”是一支科技尖兵，可以运用飞机、舰船等快速移动方式，对海洋和陆地复杂环境下的地球深部进行穿透式精确探测；更是一支战略奇兵，他们掌控的核心技术不仅可以用于油气和矿产资源勘探，也可用于潜艇攻防和穿透侦察。

“谢谢大家多年来的信任、支持！希望我回到中国后，我们还会有新的交流与合作！我会一直关注你们的进展。”

在这些金发碧眼的外国人中，黄大年一米七三的个头不算高。此刻，他站在中心，却像是将军点兵。他用目光扫视一圈，对所有人做了告别的致意。

一个从剑桥毕业的青年科学家激动地落泪了，他听过这个中国人讲起他的祖国，过来搂住了他。

一个获得过诺贝尔奖提名的科学家走了过来，拍了拍黄大年的肩膀，又和他紧紧握了握手，默默转身离开。大家纷纷围了过来，用同样的方式，与他郑重告别。

国际航空物理学家乔纳森·沃特森后来回忆说："当黄教授离开英国返回中国的时候，我们特别悲伤，对他的为人以及事业上的成就都非常尊重，许多人想让黄教授留下。"

有人曾说，每个人都有自己的生存法则，只有读懂了他独特的生存法则，才能理解他人生的潮起潮落、云卷云舒，才能理解他选择中的山高路远、激流勇进。

祖国，就是黄大年的人生归依。读懂了这两个字，就会明白为什么再好的物质生活也不能动摇他的心志，再多的名利诱惑也不能拖延他的脚步。

短短几个月，黄大年放弃了公司股份，处理了部分家当，和妻子商定把女儿留在英国独自完成学业，毅然决定回国。

一天，有人联系张艳想要接手诊所。从早晨等到中午，黄大年都没有联系上张艳，心里放心不下，赶去了诊所。

推开大门，径直走进屋里，眼前的一幕深深刺痛了黄大年：曾经井井有条的柜子凌乱不堪，药品、器械散落一地，张艳就坐在地上，守着这些年攒起来的"宝贝"，默默流泪。

原来，来人只是看中了诊所的位置，而这些物品需要张艳自行处理。

"她是学中医的，那是她一辈子的梦想啊！"黄大年一步迈了过去，一把就把她搂在怀中。直到多年以后，他和友人说起那个时刻，依旧痛彻心扉。

……

飞机巨大的轰鸣声打断了思绪。再过几个小时，黄大年就要永久回到长春，回归母校了。十八年的英伦生活，从此“挥一挥衣袖，不带走一片云彩”。

梦想，又一次起航！

母校，我回来了！

站在古朴秀丽的地质宫门前，黄大年深吸了一口气。这里的石狮华表、一草一木，都是那般熟悉亲切。

一口气爬上一百一十七级台阶，黄大年快步来到地质宫的顶层五楼。站在幽深的走廊上，他仿佛回到当年刚刚迈进这里的那一刻。

命运是如此巧合。学校为他准备的507办公室与他当年入学时的自习室仅仅隔了十五米，而为了这一天他却远隔重洋，整整走了十八年。

地质宫正对着操场。透过507办公室的窗户，可以望见高高飘扬的五星红旗。黄大年凝视着那一抹夺目的鲜红，泪水溢出了眼眶。

梦想，又一次起航！

黄大年与吉林大学签约五年，仅有一个头衔：地球探测科学与技术学院教授。

“大年，有什么要求，我们尽力解决。”学校领导很担心，多

◎ 黄大年在毕业留言册上的留言

所国内顶尖学校纷纷伸出橄榄枝，东北这块土地会不会留不住他。

“我是国家培养出来的，是从东北这块黑土地走出去的，吉林大学是我梦开始的地方，我就一定会回到这里！”黄大年身板挺直，眼中透出一股坚定的自信。

他的大学好友、原吉林大学仪电学院院长林君仿佛又看见了那个在毕业留言册上写下“振兴中华，乃我辈之责”的青年，一头黑发、满眼光华。

雨果曾说：“谁虚度了年华，青春就将褪色。”在那个知识重新闪光的黄金时代，黄大年与同学们一起，誓要“把失去的光阴夺回来”。

同窗四年，他们曾废寝忘食地坐进自习室，翻烂了能找到的所有专业书籍；他们曾热血沸腾地夜游校园，庆祝中国女排拿下第一个世界冠军；他们曾争先恐后地传阅各类人物传记，立志要“把有限的生命投入到无限的为人民服务中”去……

黄大年悟性很高，也十分刻苦。他遇到难题就钻进去，搞不清楚就打破砂锅问到底。他的大学同学、中国地质大学教授张贵宾记得，当时人手一本《吉米多维奇数学分析习题集》[①]，很多同学只做了一部分，大年却整个“啃”下来了。他印象最深的，就是这个

---

① 《吉米多维奇数学分析习题集》：是一部著名的、很有代表性的习题集。共有四千多道习题，数量多，内容丰富，由浅入深，部分题目难度大。涉及内容有函数与极限，单变量函数的微分学，不定积分，定积分、级数，多变量函数的微分学，带参变量积分以及重积分与曲线积分、曲面积分等，概括了数学分析的全部主题。

踢球健将精力充沛，对同学热情友善，遇到他认为正确的事也总是据理力争，骨子里很“硬”。

王小烈觉得，大年的父母都是地质学校教师，对他影响很大，他对物探专业很痴迷，一点儿也不觉得枯燥，对成才报国更是有着强烈而清晰的目标。

1958年8月28日，广西地质学校的一栋家属楼里，黄老师家的长子呱呱落地。正值“大跃进”的年代，他们给孩子取名“大年”。

快乐的童年时光，是在父母用心的教育和陪伴中度过的。

“大年，昨天的棋局背下来了吗？”

“大年，现在把书合上，复述一遍给我听。”

“大年，这是刚给你买回来的《十万个为什么》，你看看。”

母亲想方设法从图书馆找来各种书籍资料，父亲把他抱在膝上，一本一本讲给他听。

钱学森等被父母尊为“英雄”的大科学家在小小脑瓜的想象中，都是差不多的模样，“清瘦”“和善”，“带回来的行李箱中满满都是书”。

然而，“文革”突如其来，还在上小学的黄大年随父母下放到偏僻山村，初中时代又辗转求学，几乎与家人隔绝。高中毕业时，他从几百人中脱颖而出，成为一名航空物探操作员。

第一次从飞机上俯瞰大地，这个十七岁的少年被那壮美的景致震撼了。他第一次发现，这片土地是如此辽阔，那绵绵群山、潺潺流水、茵茵草木，无不激发着他内心深处那份质朴的眷爱。

航空物探操作员的工作十分危险，一次飞机故障，一个同事牺牲了，黄大年的额头上也留下疤痕。可是，这个乐观顽强的少年却无所畏惧，对大地深处好奇的探究心，越来越强烈。

当恢复高考的消息传来，他拼尽全力背水一战，以高出录取线80分的成绩，毅然选择报考长春地质学院。

这是李四光创办的新中国第一所地质专科学校，也是他们全家心目中的地探学术殿堂。收到录取通知书的那天，一家人都流下激动的热泪。

“大年，你们这一代人很幸运，要珍惜时间，早日学成报国。”夜半时分，黄大年常会坐在寝室的窗台上，捧读父母的来信。

月光越是清冷，记忆就越发清晰。

他想起曾在广西罗屋矿区参加的“找矿大会战”。作为一名磁场测量队伍的勘测队员，他要扛着磁秤仪跋山涉水，记录不同地点的磁力变化，推断和猜测铁矿的位置和规模。由于仪器对温度、湿度都很敏感，队员们必须十分小心，记准数据，再分析地层、计算参数。

一天一百二十个测点，必须走成一条直线，哪怕跋山涉水，也绝不允许绕道。在闷热潮湿的环境下，即使是体格健壮的年轻人，也有撑不住的时候。一次，黄大年患重感冒发烧，在山上烧得起不来床，脚上的湿疹溃烂成一片。领导要他休息，他仍趴在小桌子上制作表格。

困难犹如无尽的山路，而他的斗志却如同脚下的石头。黄大年曾经创造了一天测一百六十个点的单位纪录。一年后，因为和同事探测发现了一座中型铁矿，他获得了“工业学大庆先进生产者”称号。

在整个大学时光里，“以艰苦奋斗为荣、以献身地质事业为荣、以为祖国找矿为荣”的专业教育深深刻进了黄大年的脑海。

“……我们有火焰般的热情，战胜了一切疲劳和寒冷。背起了我们的行装，攀上了层层的山峰，我们满怀无限的希望，为祖国寻找出富饶的矿藏……”那首与同学们在田野实习中不断唱起的《勘探队员之歌》，常常令他心潮澎湃、热血沸腾。

“做一名优秀的地球物理学家，把地球变成透明的！”那个曾经跋山涉水、想要征服大地的青年，第一次确立了他人生的梦想，从此坚如磐石。

1982年，在大多数不习惯北方生活的南方同学毕业纷纷离去后，黄大年作为全校仅有的十个“三好标兵”之一，令人惊讶地留校任教。

科学的春天里，风华正茂的黄大年和改革开放后的中国，一起追赶着世界。他顺利考取硕士研究生，一路表现优异、屡获奖励，1991年破格晋升副教授。

“老同学，我要走了！”1992年秋天，黄大年找到林君，告诉他学校要送他去英国深造。他获得“中英友好奖学金项目”的全额资助，是三十个人中唯一一名地学研究者。

林君至今记着当时的场景。黄大年冲着大家使劲儿挥手，坚定地说："等着我，我一定会把国外的先进技术带回来。咱们一起努力，研制出我们国家自己的地球物探仪器！"

奋斗，是这一代人的梦想；报国，是这一代人的情结。当祖国给了他们梦想的翅膀，他们就成为勇敢的候鸟，把归来当作生命的必然。

1996年初春的一个早晨，利兹大学一间教室内，爆发出热烈的掌声。黄大年，一个中国人，刷新了历史——以排名第一的成绩获得地球物理学博士学位。

一年后，黄大年进入英国ARKeX公司，一步步成为一个被仰望、被追赶的传奇人物。

但林君料定，大年一定会回来，"就像娃出去见了世面，吃了好东西，总惦记着给母亲捎回来"。

果然，黄大年带着满腔的激情、一身的本领回来了。他要把这些年祖国对他的培养，对母校的思念，都用智慧和汗水补回来！

回国不久，2010年2月，一个国家级的大项目找上门来。

"黄老师，我们领域正在部署一个航空重力梯度仪①的项目，想在'十二五'时期取得突破。"科技部的一位项目负责同志开门见山，态度恳切。

① 重力梯度仪：是测定重力场垂直梯度的仪器，多用于航空和飞行器上。

这是国家正在酝酿的一个“863”[①]“十二五”[②]主题项目：高精度航空重力测量技术。相关团队、仪器、设备都已齐备，只缺一个领军人物。有人向科技部这位负责同志推荐了黄大年，经过简短的交流，来人发现他在这一领域的视野比其他人要宽广得多。怎么管理、用什么路线、怎么保证核心部件质量……他都“门儿清”。

“没问题。”黄大年笑容可掬地回答。

“黄老师，我得和您说明一下，现在这个项目的情况是，您拿不到一分钱、没有一个自己承担的课题，但是非常迫切，需要您做牵头人，请您来管团队、赶进度、帮忙指导技术……”

“没问题。”黄大年依然是三个字，让这位同志愣住了。黄大年看着对方正色说道：“这是关系国家战略安全的重大研究，我愿意做。”

“做了牵头人，意味着这些项目和课题的评审、论证、验收，您可能都需要参与，需要额外占用您很多时间。”

“只要国家需要，我就干！没什么好说的。”黄大年很坚定。

莎士比亚曾说，我怀着比对我自己的生命更大的尊敬、神圣和严肃，去爱国家的利益。

曾在剑河之畔，寻访过莎翁足迹的黄大年，更懂得如何去摆放国家利益的位置。

---

① “863”：863计划，即国家高技术研究发展计划，是中华人民共和国的一项高技术发展计划，涉及生物技术、航天技术、信息技术、激光技术、自动化技术、能源技术、新材料、海洋技术等多个领域。

② “十二五”：即中华人民共和国国民经济和社会发展第十二个五年规划。

航空重力梯度仪是一项战略尖端技术。这项技术就像在飞机上安装“千里眼”，可以透视出地表下几百米深度内一辆卡车大小的目标，它不受地形限制，一天就可以高质量地完成传统方法几个月的工作量。早在20世纪90年代，美英等发达国家已使用这项技术进行军事防御和资源勘探。有人甚至把这个国际贸易中的“非卖品”称为“地球重力武器”。

没有谁比黄大年更清楚，在国外长期对华封锁的情况下，中国想要在这一领域取得从零到一的突破，有多难，又有多急迫！

航空重力梯度仪研究是一项“颠覆性”的技术。它牵涉材料、机械、电子、软件、大数据等众多交叉学科，仅20世纪70年代，美国对这种装备的研制就投入了十多亿美元。在近年来探明的国外深海大型油田、盆地边缘大型油气田等成功实验中，这项技术更是发挥了至关重要的作用，成为前沿科技推动行业突破的典范。

但对于黄大年来说，航空重力梯度仪，也承载着他心中一个永远的痛。

那是2004年3月，北大西洋海底。黄大年正在专心做着试验。突然，有人通知他，家属来电话。

“大年！你还好吧？估计我们见不到最后一面了。”万里之遥，父亲的声音缓慢而虚弱。

“爸，您怎么了？”黄大年心急如焚，却不知从何问起。

老人突发病重，自感时日无多，家人几番辗转，终于联系上了黄大年。

“儿子，我理解你的处境……你要记住，你可以不为父母尽孝，但不能不为国家尽忠，别忘了，你是有祖国的人！”

“我们可以破例上浮，送你去见你父亲最后一面，但是你所从事的实验计划不得不中断。”舰长得知情况后，看着双手紧紧攥住话筒的黄大年，略带动容地说。

那时，航空重力梯度仪研究正处在军转民的关键阶段，如果不是黄大年的英国导师极力推荐，外方绝不会让一个中国科学家参与其中。如果中断试验，这个仪器可能就不会转为民用。而只有变成民用，中国才有机会接触这一技术。

黄大年抬起头，两眼通红，他望着舰长，最终摇了摇头。

“我不能放弃，放弃，就意味着前功尽弃。”黄大年把嘴唇咬出了血，坚持做完了试验。半月有余，他重回陆地，奔回老家，在父亲的坟前长跪不起。

两年后，大洋彼岸的万米高空，他仍在进行这项技术研究，弥留之际的妈妈又打来电话：“大年啊，你在国外工作，一定要好好照顾自己，早点儿回来，给我们国家做点儿事情……”

“哥啊！妈妈一直心疼你，你这辈子总是离家太远。她在临终前还嘱咐我和妹妹千万不要怪你。”在老人的坟前，听着弟弟黄大文的诉说，兄弟俩抱头痛哭。

两位老人不约而同，在生命的最后时刻，为儿子上了终生铭记的最后一课。

多年以后，回到长春的那个夜晚，黄大年含着泪水，在一份呈报学校的工作自述中这样写道：“我的父母属于那一代历经了诸多磨难的中国知识分子，无论对国家还是儿女，以吃苦耐劳、兢兢业业、只讲奉献不图回报的优秀品质著称于世；以为国家培养和献出自己的优秀儿女为荣。他们在人生最后时刻仍然表现出对祖国自始至终的忠诚、朴实和包容、傲骨和责任，令人由衷敬佩和永远怀念。父辈们的祖国情结，伴随着我的成长、成熟和成材，并左右我一生中几乎所有的选择。这就是祖国高于一切！”

“现在，儿子回来了！儿子就要遵照你们的心愿，为国家做事情了！”

一天都不能等。他把行李往学校安排的公寓楼一放，再把刚刚经历丧父之痛的张艳安顿好，买了张机票就飞去北京。

几个月的时间，他跑遍了十几个与航空重力梯度仪研究相关的科研院所。彻底摸过“家底儿”后，他就把自己关进办公室，通宵达旦设计科研思路，提出“从移动平台、探测设备两条路线加速推进”；他向吉林大学提交报告，创设移动平台探测技术研发中心[①]，启动“重载荷智能化物探专用无人直升机研制”课题。

入夏时节，地质宫陈旧的砖瓦挡不住瓢泼的大雨，锯末铺就的单薄屋顶吸满了水，顶层五楼俨然成了闷热难当的渗水大棚。

---

① 移动平台探测技术研发中心：即吉林大学移动平台探测技术研发中心，2010年10月在国土资源部、科技部、教育部有关部门鼓励支持下成立。研发中心紧密围绕国家需求和国际前沿实用技术，从基础研究入手攻关核心技术，通过软硬件结合、交叉学科融合、跨部门联合途径，研发移动平台探测集成装备。

时任地探学院党委书记的黄忠民去检查修缮情况时愣住了，507办公室能蒙上的地方都用塑料布蒙上了，屋里到处摆着脸盆和大桶。黄大年穿着T恤衫、大短裤，坐在屋子中央，专注地在电脑上敲着字。于平、王郁涵就在他旁边，替他打着伞，核对着数据。

“黄老师，这屋站不能站，坐不能坐的，咋还工作啊？”

“忠民，我们手头要做的事情很多，一天都耽搁不得啊！”此时，黄大年不仅担任“863”“十二五”主题项目——“高精度航空重力测量技术”的首席专家，还接下了国家863计划资源环境技术领域主题专家的重任，负责策划、协调和组织中科院、高校等资源形成高科技联合攻关团队。

一时之间，黄大年面前，至少有十五个大项目排着队。从立项阶段对技术思路和关键指标的讨论，到每一个课题的任务细化和实施进展，从每个年度的进展汇报，到项目立项获批两年后的中期评估，每一步都需要他通盘考虑、细致规划、设计实施。

有的人搞不懂，这些事情你在国外也不是没做过，干吗还要回国来受这份累？黄大年却说：“作为中国人，无论你在国外取得多大成绩，而你所研究的领域在自己的祖国却有很大的差距甚至刚刚起步，那都不是真正意义上的成功。只有在国内把同样的事做成了，才是最大的满足。”

“黄大牛”与“大黄牛”

2010年春，北京百万庄大街26号。中国地质科学院的大门口，时任副院长董树文正在等待一位特殊的客人。

一辆出租车停在路边，一个戴着眼镜、背个双肩包、踩着厚底大皮鞋的中年人利索地下车，大步流星地朝这边走来。

就是他！黄大年！董树文习惯性地看了下手表：比约定时间还早十分钟。心下不禁对此人多了几分赞许。

坐定后，董树文开门见山，想了解一下他的背景：

“大年，你过去研究什么方向？”

“我在国外时搞过一些战略核心技术，我是唯一一个没有论文的国家‘千人计划’专家。”

董树文心里一愣。虽然研究领域不同，他从寥寥数语中已读出黄大年特殊的才华和本领。

“如果请你负责，时间比较紧，能不能赶得上？”

“董院长，我过去有基础，应该没问题。”

◎ 黄大年在工作中

作为首席科学家，董树文正在全力推进中国有史以来规模最大的地球深部探测专项[①]（SinoProbe）。该项目设置八大项目四十九个课题，集中了国内一百一十八家机构、一千六百多位科学家和技术专家参与其中，吹响了中国向深地进军的“集结号”。

当人类因人口膨胀、环境恶化敲响“资源枯竭”的警钟时，埋藏在地层深部的丰富资源却在静静沉睡。从理论上讲，地球内部可利用的成矿空间，分布在从地表到地下一万米，世界先进水平勘探开采深度平均在两千五百米至四千米，相当于给地球“掏掏耳洞”。

对中国而言，向地球深部进军已成为一个必须解决的战略科技问题。我们不仅探测水平落后欧美国家近三十年，矿产资源勘探深度平均只有四百多米，油气开采平均深度不足四千五百米，且有部分地形复杂的国土迄今还没有被勘查过，三百万平方公里的“海洋国土”也亟待探测和守护。

考虑到中国在深探装备领域长期依赖进口的情况，有关部门提出在深探专项八个项目已全面启动的情况下，追加第九项目——“深部探测关键仪器装备研制与实验”。该项目斥资三亿元人民币、牵涉技术领域众多，谁来“挑头”直接影响整个大项目的进度和成果。彼时，中科院地质与地球物理研究所已经制定了初步方

---

① 地球深部探测专项：全称为“深部探测技术与实验研究专项”（SinoProbe），设有大陆电磁参数标准网实验研究、深部探测技术实验与集成、深部矿产资源立体探测及实验研究、地壳全元素探测技术与实验示范等八个专项。

案，黄大年回国后，在科技部和财政部有关领导的引荐下，董树文与黄大年见了这一面。很快，董树文召集几家单位共同商定，时任中科院地质与地球物理研究所所长朱日祥院士同意请黄大年主持该项目。这个项目为黄大年量身定制了一个施展才华的平台。

如果说“高精度航空重力测量技术”项目就像在飞机、舰船、卫星等移动平台上安装“千里眼”，看穿地下深埋的矿藏和潜伏的目标，那么“深部探测关键仪器装备研制与实验”项目就是研制给地球做“CT”和“核磁”的仪器装备，让地下两公里甚至更深处都变得“透明”。

黄大年感到，这是祖国对他莫大的信任，这两个项目如果能在他的努力下比翼齐飞，祖国的深探事业不可限量。他恨不得立刻就全速推进，把“国家失去的三十年时间追回来”。

孰料，在深探专项第九项目的首次讨论会上，黄大年首次亮相就引起一片哗然。

他说：“既然我们落后很多年了，就不能从零开始，而是要把国外最先进的设备买过来，对关键部位和插件进行升级改造，让我们的‘蓝军’直接进入‘红军’的心脏，一举站到巨人的肩膀上。”

所谓“蓝军”，原指在军事模拟对抗演习中专门扮演假想敌的部队，通过模仿对手的作战特征与代表正面部队的红军进行针对性的训练。黄大年的“红蓝军路线”，就是通过红军、蓝军之间的结合与比拼，利用西方已有的技术，站在巨人的肩膀上超越巨人。

所有在座的人，都是第一次听到这种“红蓝军路线”。中国地学界长期以“自力更生、艰苦创业”为荣，黄大年这种“把人家后台数据库买过来，进行插件升级再卖回去”的想法，可谓“惊世骇俗”。

丝毫不介意众人异样的眼光，黄大年继续说：“好比一场马拉松，别人已跑了半程，中国要从头起跑，恐怕很难能赶上，我们也等不及，必须另辟蹊径！”

会上，董树文虽然也没有完全理解，但他相信：“从大年嘴里说出来，一定有着深远的考虑。”

会后，黄大年拿出他的调查，向董树文解释说，中国深部探测的主要关键设备九成依靠进口，国内中档设备可用的占不到10%，甚至这里面还有不少核心技术和关键部件也是国外的。国外拿出一套设备，肯定是市场卖一套，家里存一套，正在研发的又是一套。如果不找到后发优势，我们和国际上的差距可能相差至少三十年并且始终难以缩小。

董树文被黄大年的激情感染了，也被他提出的“后发优势”说服了。

“首席支持我，我就这么干。”黄大年雷厉风行，立刻跑出去搞市场调研。没过多久又旋风式地来到北京，张口就说要建平台。

“什么平台？”董树文看着眼前的他，还是背个大包，兴冲冲进来。

“移动平台综合数据处理解释一体化软件平台。”黄大年边回答，边掏出手绢擦着汗。

搞油气的人知道，平台是一套软件系统，所有的地质、地球物理和钻探数据在这里集成。黄大年提出的预算，按照当时的市场价格可以买两套。

“你买两套干什么？”

“不是，我只买一套，咱们连后台和元数据都买回来，买回来以后做插件，马上去升级，升级以后我再卖给他。”

董树文最终批准了。很多人听说后摇摇头，并不看好这些“忽忽悠悠的玄乎事儿”。

可是黄大年不以为意，他就像一台刚刚装载的新马达，恨不得一下子就把机器的转速带到最高。

他找人翻译出版了一本《疯狂科学家俱乐部》，送给参与项目的各个机构和单位，书中介绍了美国进行组织创新、开展大科学研究项目的先进经验。他逢人便说：“真正的研究不是分散的自发的，而是系统的集成的，应该借鉴国外大企业的组织管理模式，组织重大科研项目，征集最优秀的科学家，一起完成重大攻关。”

他又引入一套项目管理系统，把第九分项的任务分配到每月、每周甚至每天，用计算机记录工时。哪些属于智力问题、哪些属于资源问题、哪些属于人为阻碍，他会实时监督、直接干预、询问指导。

有的人直接抗议：你把科学家当什么了？！我们是科学家，不是机器人！

黄大年却坚持：没有金刚钻，别揽瓷器活。一周的目标就是一周的目标，每天几点到几点必须把目标完成！

晚上11点，黄大年通常会登陆管理系统，浏览每个环节的工作进度：项目是否进展顺利？之前的问题是不是解决了？技术和资源上有没有他能予以支持的地方？

对黄大年来说，这个软件就像是一片安眠药，吃了这片药，今晚就能睡个好觉；同时它又像是一支兴奋剂，点开一看，他提笔就列出一个问题单，往往又是一夜无眠……

可是，没过多久，出毛病了。黄大年发现，自己浑身的劲儿像是打在了棉花上，一些人认为“外来的和尚乱念经”，压根儿不认可他的学术权威和领导能力。

焦虑、失眠、进度拖慢……黄大年一度患上带状疱疹，甚至萌生了辞退首席科学家、做普通教授的想法。

高平找到他：“大年，你不能走，你不能轻易把这片刚刚看到的阳光撤走。”

沉默半晌，他说：“我再考虑考虑，我没想到，真的很难。”

他常常一个人，走在学校操场的跑道上。团队师生不忍心去打扰他，“黄老师想干事，我们能理解他那种痛苦，也能感觉到他那种孤独。”

他就像一只孤雁，循着认定的方向，逆风而行，直到望见那片辽阔的海，又一次次鼓起翱翔的勇气。

2010年7月，有关部门邀请七十多位“千人计划”专家赴北戴河疗养。和这群“千人计划”专家在一起，黄大年感到轻松自在，思路开阔不少。

“大家有一样的理念、一样的情怀，回国以后都遇到不少类似的苦恼。”清华大学副校长施一公回忆，他和黄大年在那里初识，找到一种“无须语言交流、一个眼神就够”的默契。

令他意想不到的是，习近平等国家领导人前来探望，倾听大家的想法建议。

“国家领导人是有眼光、有想法的。”经过一番推心置腹的交谈，黄大年的心境变得从未有过的旷达，就像暴风雨过后的大海，浩瀚而平静，又像鼓满风帆的航船，期待着新的远航。

回到长春，他发现电视里播了新闻，“周围的环境很快发生了改变”，他的创业热情再度迸发。

黄大年找来钉子、锤头，亲手把北戴河休假的合影挂在办公桌对面的墙上，还对团队成员说：“士为知己者死。国家这么一搞，大家对我们‘千人’专家的认可度提高了，我得努力干啊！”

2014年下半年，深探专项第九项目传来捷报。移动平台综合数据处理解释一体化软件平台的二十四个插件完成了，整个系统实现了升级换代。

黄大年大张旗鼓地在全国搞了一次培训，当初卖给他平台的公司发现：“你们用的怎么比我们的好？我们也要买这套系统。”黄大年嘿嘿一乐：“项目完成后成交！”

这就是“红蓝军路线”！谁也没想到，黄大年一击即中、实现预期目标！如同拨云见日，整个中国深探领域的思路一下子打开了！

“地壳一号”[1]万米科学钻被称为“入地望远镜”，是深探专项第九项目的核心内容。

董树文受到启发，提出建议：“我们能不能用大年的观点，做万米钻机？”研究单位说：“我国目前只实施过五千米科学钻探，目标研发七千米钻机已经很不错了。”

董树文说：“石油勘探已经使用的万米钻机，我们可以在他们的平台上，研制核心部件升级改造，一步到位。”

对方又说：“可是我们花了一千九百万购买的是七千米的平台。”

“那再争取预算，向财政部报告。”

后来，“地壳一号”这个完全拥有自主知识产权的庞然大物从四川运到大庆油田时，用了五十辆六轴大货车运送，一举创下了地下六千米钻探的亚洲纪录，并且还在向地心进发。

被国外一直垄断的设备终于换上了“中国芯”！中国成为继俄罗斯、德国后，世界上第三个掌握地下万米钻探技术的国家。黄大年团队成功了！过去不服气的人开始另眼相看，一些人还友好地送他个绰号——“黄大牛”。

---

① “地壳一号”：是由吉林大学负责并联合四川宏华集团共同研发的中国万米大陆科学钻探专用钻机。吉林大学从2009年开始研发“地壳一号”，攻克了高转速全液压顶驱系统、高精度自动送钻系统和起下钻自动排管系统等一系列关键技术难题，使“地壳一号”万米大陆科学钻机，完全拥有中国的自主知识产权，同时中国也成为继俄罗斯、德国后，世界上第三个掌握地下万米钻探技术的国家。

于平渐渐发现，来找黄老师的单位越来越多，想要寻求他支持的课题越来越多，黄老师承担的任务越来越多。

虽然他的名片上只印有“吉林大学教授”这一个名头，可实际上，他承担了国土资源部、科技部、教育部等有关部门的项目决策、专业咨询、课题评审等很多义务工作。

于平经常会在半夜接到黄老师的紧急电话，让她组织团队即刻进行一些数据分析。有很多事，属于国家应急需要，与团队的工作并不相关。

不仅于平，团队成员都怕黄老师的“夺命连环CALL”。于平也劝他，咱能不能少管点儿闲事？结果他呵呵一乐道：“都是国家的事，哪里有闲事。”

黄大年还应邀担任国家“千人计划”联谊会科技创新工作组副组长，牵头发起成立鲲海创新研究院，并担任首届副院长，组织“千人计划”专家与国家战略发展需求进行有效对接，使其成为推动前沿技术与军民融合发展的公益平台。

在黄大年的感召发动下，越来越多的“千人计划”专家和海归科学家开始意识到：一个优秀的科学家不仅要具备深远的战略眼光，他规划与完成的事情，应该服从于国家需要，应该站位于国际前沿，应该集成符合国家利益的成果，更应该具有可以冲向世界巅峰的创新力量。

浙江大学医学院杭州滨江医院副院长、国家“千人计划”专家田梅清晰地记得，2016年10月29日，第二届“千人计划”执委会扩大会议在京召开，黄大年就像每次一样，提着黑色的行李箱匆匆赶来，满头是汗。然后，他观点鲜明、逻辑严谨地分析了我国在科研领域方面的短板，又从规划政策、组织攻关、创新创业、实施举措等方面提出意见。会议刚结束，就又赶往别的地方……

七年如一日。黄大年办公室里的九组书柜塞得满满当当，除了专业书籍、项目报告，还有一沓又一沓的学术笔记、发言汇编。最右侧的柜门里，挂满了参加各种会议活动的挂牌，下面还极不相称地塞了一床棉被。无数个赶进度、做课题、修改材料的深夜里，他就是裹着这床被在沙发上凑合几个钟头，第二天站起来又是精神抖擞。

大家又给这位“黄大牛”起了一个绰号——“大黄牛”。

“弯道超车”[1]的“大年童话”

2010年元旦过后，黄大年就急火火地上班了。这天下午，地探学院组织文体活动，很多人聚在乒乓球室，热闹地操练起来。

刚刚留学归国不久的于平正在候场，听到观众中传来一阵议论。她顺着大家的目光望去，一个穿着暗绿色棉服、背个双肩包、脚踩厚底大皮鞋的中年人正大步流星地走来。

“那就是黄大年，从英国回来的大专家！”

作为地探学院的毕业生，于平对黄大年的威名早有耳闻，可她万万没想到，轮到她上场时，竟是和这位大专家同台竞技！

黄大年可不是为了打球而来的。他一边打球，一边观察着对面这个扎着马尾辫、球速很快的女同志。而于平也发现，黄老师的注意力根本没在球上，他不时和旁边熟悉的老师说几句话，然后乐颠

① 弯道超车：本是赛车运动中的一个常见术语，意思是利用弯道超越对方。现在这一用语已被赋予新的内涵，广泛用于政治、经济和社会生活的各个领域，其中“弯道”被理解为社会进程中的某些变化或人生道路上的一些关键点。

颠地去捡他的漏球。

休息时，黄大年招手把于平叫到场边，微笑着说："于老师，我是黄大年，我从英国回来，现在想在咱们学院创设移动探测技术平台中心，我查阅了你的资料，很需要你的帮助。"

寥寥数语，让于平对这个大专家心生亲切。很快，她与一批青年学者都被黄大年招到了麾下，"吉林大学移动平台探测技术研发中心"的牌子挂起来了！

移动平台探测技术是世界科技强国竭力追求的核心技术，也是国家科技实力的重要标志。黄大年把在英国原有的研究基础和方向都进行了扩展，瞄准海陆空三栖的移动平台探测技术——海上有无人船，水下有无人潜航器，空中有无人飞机。

由于这一技术难度高、覆盖广、应用性强，涉及多项交叉学科，黄大年又找到林君，向这位大学好友提出了一个大胆设想——在吉林大学设立新兴交叉学科学部。

为什么要搞交叉？

因为这是中国实现"弯道超车"的唯一机会！

黄大年涉猎很广，他在英国时的研究涵盖地学、信息、军民融合等多个领域，他深知，真正的核心技术是买不来的。中国虽然拿到了新一轮世界科技竞赛的入场券，但必须牢牢抓住创新这个"弯道超车"的机遇，才能追赶历史的潮流。

知易行难。要真正找到学科之间的结合点，形成一个新领域并不容易。2012年，从仪电学院毕业的焦健加入了黄大年的团队。师

◎ 黄大年（左二）带领科研团队成员研究问题

徒二人用了两三年时间，才确定了焦健的研究方向——“平台和传感器”。

“这是移动平台探测急需的研究，把硬件和软件结合起来，也是未来交叉学科研究的方向。”焦健清晰地记得，黄大年为他规划研究前景时，眼里迸射的光芒。

哪些是国际上炙手可热的大学科？怎样让基础研究和前沿科技“在碰撞中寻求突破，在差异中做出增量”？如何尽快把跨学科人才汇聚到统一机制下开展工作？

黄大年的大脑一刻不停地高速运转。他常常来到办公室对面的“茶思屋”，放一段音乐，斟一杯咖啡，然后，倚在吧台旁边，望向墙上悬挂的、一张张地学前辈的肖像照片。

时光退回到半个多世纪前：新中国刚刚建立，国家建设时不我待，建校筹备如火如荼，政务院财经委员会矿产地质勘探局副局长喻德渊致信，向正在北京的李四光征询意见，李四光提笔回复：“今天人民要你做什么你就做什么。”

人民的需要，国家的需要，这就是一切追求的原点。从这个原点出发，黄大年脑海中的关系脉络网不断延伸——

“咱们学校有学者参加南极科考，能不能研制全地形车，完成在极寒、沟壑、全时段极限条件下的通讯、交流和作业？”

“‘云端远程控制’技术发展很快，能不能开发野外作业医疗看护车？这个目前在国内还是空白啊。”

“还没有任何一个国家能够在南极内陆地区钻取冰下基岩岩

心，能不能在海洋资源与安全领域跟建设工程学院、环境与资源学院联合做些事情？”

……

科学是严谨的，但离不开奇思妙想。巴尔扎克说：“真正的科学家应当是个幻想家。”

黄大年就是这样的“幻想家”。

与探测仪器专家合作研发深地探测仪器装备，与机械领域专家合作研发重载荷物探专用无人机，与计算机专家合作研发地球物理大数据处理与解释系统……在黄大年想要构建的“科研特区”中，没有什么不敢想，也没有什么不能做。当很多人还站在2.0时代，他已经望到了4.0时代。

每冒出一个新想法，他马上去找熟识的专家探讨一番。然后，连夜查找资料、进行调研论证、设计实现路径。有的人一边和他讨论着，心里也犯嘀咕：黄老师说的怎么都像童话，能实现吗？

然而“大年童话”的拥趸越来越多：众多“海归”慕名而来，马芳武、王献昌、崔军红等“千人计划”专家也在他的游说下相继落户吉林大学。黄大年的办公室里常常高朋满座，众人围绕一个问题谈得眉飞色舞，辩得口干舌燥。

时任吉林大学统战部副部长的任波知道，为了编织一张更大更密的科研网络，黄大年付出了不为人知的心力。

2013年10月，欧美同学会举行成立100周年庆祝大会，黄大年作为海归科学家代表应邀出席，现场聆听了习近平总书记的讲话，内心备受鼓舞。

他回到长春后不久，就主动打电话给任波，“国家对海归这么重视！我们更应该倾尽所有报效祖国！担任会长的事儿，我就不推辞了！”

任波又惊讶又感动，愣在电话那头说不出话来。彼时，学校留学归国人员联谊会正在酝酿改选，大家心服口服的会长第一人选，就是黄大年。可他实在太忙，任波提过一次之后，就再也不好意思找他。

黄大年欣然出任，其实还有别的“算盘”。他觉得，从国家需要和世界一流角度看，我们虽然努力了，但还很不够，还得快马加鞭，招揽更多高端人才。

他把目光投向“海归”群体，一个脚步匆匆的身影，就这样走进了吉林大学三百多名海归知识分子的灵魂。联欢郊游、调研开会，只要不出差他保证场场必到，陪大家唱歌、为大家照相。

有一次，学校为海归人员组织艺术沙龙，那是黄大年回国后第一次走进KTV，按要求，每个人都要唱一首。黄大年很谦虚地对任波说：“哎呀，我特别喜欢唱，可就是一到高音就跑调。”

在大家鼓动下，他上去唱了一首《垄上行》，结果一发不可收，《我的中国心》《祖国，慈祥的母亲》《我的祖国》……他一首接一首。

唱毕，大家一致认为，当天的麦霸是黄老师。任波问他：“黄老师，你知道麦霸是什么意思吗？”他像个孩子似的兴奋地说：

“麦霸？是一种荣誉吧？”

他的回答，让大家愣住了。这个把爱国歌曲唱得如此高调的大年学长，是多么朴实而率真！他那颗童话般的纯真之心，征服了所有人！

2014年学校中秋晚会，黄大年因为一首歌，落泪了。

演唱者艺术学院副教授姚立华刚走下舞台，发现黄老师在舞台的一角等着她。她走上前去，刚想问候，竟发现这位大专家的眼角挂着泪珠。

黄大年一字一顿地说：“姚老师，听了这首歌我感动得落泪，请理解，我们常年在国外的这些人，对祖国的爱很深、很深。”

彼时，姚立华刚刚从俄罗斯深造归国，她十分惊喜地发现，自己在演唱这首歌时所投入的情感，都被黄老师感受到了。

作为我国著名歌唱家、声乐教育家郭淑珍的弟子，姚立华把演唱的质量看得很重。曾经，每每驾驭《我爱你，中国》这类高难度歌曲，她心里多少有些“小满足”，后来，到了国外，很多华人听到这首歌都会泪流满面，她感到他们对祖国的爱是那么真，就像孩子对母亲的依恋，这种歌者与听者的互动，让姚立华内心深处的情感被点燃了。回国之后，遇到黄大年，更让她发现，在自己身边，还有如此同频共振的人。

祖国，就像生命中最激越的音符，拨动着黄大年的心弦。那一首首歌，也让他与一大批海归学者分享着同样的心、难得的情。

“我和大家一样，没有‘深厚感情’就不会回来并喜欢上这块零下二十多摄氏度的黑土地；没有‘科研激情’、没有‘心情的阳光’和聊以自慰的‘艺术的陶醉’，就不会有始终如一的坚持、初衷不变、童心难改。”深夜“冒泡”，黄大年常常在吉大海归微信群里分享工作成果，和大家聊聊知心话。

他就像个邻家大哥，关照每一位“大家庭”里的海归人员，引领着大家去寻找回国后的坐标。

2014年7月，在水下通讯和水下网络领域备受瞩目的吉大校友崔军红回国探亲，经人引荐见到了黄大年。

“中国水下国门洞开”，黄大年直入主题，语气中的忧虑让崔军红深有共鸣。跟黄老师从事的深地探测一样，崔军红从事的水下通讯在国内也面临着高端设备依赖进口的处境。

“咱们学校的新兴交叉学科学部正在酝酿，你可以申报国家‘千人计划’，回国创建智慧海洋研究中心，大家集中合力，一门心思把一件事做好……”听着黄大年的话语，崔军红有些心动，但也顾虑重重：一方面，她在美国的平台已足够大，如果和黄老师联手做事情，应该前景可期。但另一方面，她已在美国生活十六年，自己能否适应国内情况，也有些拿不准。

黄大年看出她的犹豫，邀她到自己的团队参观交流，又给她展示近年来的项目成果。崔军红问道：“黄老师，咱们要搞海洋探测，可是吉林没有海啊？”黄大年踌躇满志地说：“没关系啊，哪里有出海口我们就向哪里去啊！只要有决心就能把事情做大。”

吉林没有海，但眼前这位学长海一样的胸怀深深触动了崔军红。2016年6月，崔军红作为“千人计划”专家签约吉林大学。

从那以后，黄大年成了她的精神导师。每当她有困难、发牢骚，黄老师都会用亲身经历鼓励她，“你看地质宫现在很好，当时屋顶都是漏水的；修建无人机库的时候，也遇到很多问题。这么多人，这么多环节，都需要时间，我们还是要有劲头、有耐心，事情总有一天会做成的。”

事情总有一天会做成。这个信念，燃烧着黄大年生命的烛火。而那澄净的光，照亮着一位又一位学者的前进的道路。

“黄老师，您该休息一下，最近您太累了。”一天中午，“千人计划”专家马芳武来找他探讨问题，一看他两眼通红，就知他又是一夜未眠。

“没事儿，再吃两个烤苞米就好了！”黄大年抡起手臂，伸展了一下说，“对了，有个在新加坡工作的贾继伟回来探亲，晚上我叫了他来我家，你也来，咱们一块儿吃饺子。”

“你那么忙，怎么还让人去家里？”马芳武说，“咱们在外面吃一顿也行啊！”

“没事儿，就是要让这些年轻海归感受感受，现在国内不比国外差！”

就这样，他拉着马芳武等人借“千人计划”联谊会、吉林大学留联会等平台，不断寻找、联络海外高端人才，想尽各种办法吸引他们留在国内、扎根吉大。

2016年9月，一份报告交到了校务委员会的案头：在黄大年的倡议下，经过为期一年的酝酿讨论，吉林大学新兴交叉学科学部筹备初期工作宣告完成，一个辐射地学部、医学部、物理学院、汽车学院、机械学院、计算机学院、国际政治系等的非行政化“科研特区”初步形成。黄大年也成为吉林大学新兴交叉学科学部学部长。

于平看着报告默默发呆：交叉学部这件事，当初大家心里都没太有底，可是黄老师硬是把一个个虚幻抽象的概念，渐渐都变成现实，把各个学院、学校内外的力量，慢慢拧成一股绳。

黄大年看着报告深深舒了口气，他的头脑里立刻又蹦出一连串问号：手机会不会变成我们身体的一部分？交通枢纽能不能变成拓扑网？汽车能不能实现无轨运行？外太空能不能开发矿产……

如今，曾经对“大年童话”的质疑已湮没无闻，一个个“大年童话”正在变为现实，在卫星通信、汽车设计、大数据交流、机器人研发等诸多领域，一个个“奇迹”正在涌现，几乎覆盖吉林大学近三分之一的专业。其间，又衍生出许多新课题、新方向、新学科，由“大年童话”孕育的“科研特区”未来将有望带动上千亿元的产业项目！

是熔岩，也是清流

一天深夜，黄大年的好友、时任中科院地质与地球物理研究所副所长杨长春接到了他的电话。聊了没几句，杨长春就听出黄大年情绪不对。其实，他已风闻“圈里”一些议论，大概是说黄大年“不食人间烟火”“不懂人情世故”。

比如，项目启动要先写规划，有些专家承担的科研任务比较多，不能全程参加，他不论名头大小，一律通报：“如果想要点卯挂名，就不用来了。”开论证会，无论什么人在场，他发言从不穿靴戴帽、寒暄客气，而是直面问题，一针见血。

又比如，参加项目评审，他语气和善，却随时“开炮”：数据引用有问题，他立刻指出；指标参数不清晰，他不予签字；PPT里有错字，他也要一一纠正。

黄大年想不通，说：“这都是按科学规范做事，为什么有人不理解？”

杨长春劝他道：“你刚回来，人生地不熟，你这干的全是得罪人的事。”

可是黄大年却说：“我就是想干成事，不这么干不行啊。”

很多机构和单位想要参与深探专项第九项目。黄大年不看介绍材料，也不提前通知，直接钻进人家的实验室和车间，查验对方的资质水平。“相中”了以后，他就直接给对方打电话，上来就和人家说：“我有个上亿元的项目，你们的技术符合我们的要求，我可以提供经费，一起合作完成这个项目。”接电话的一开始还一头雾水，以为是骗子，有的还曾打电话到吉林大学核实真伪。

有一段时间，刘财陪同黄大年外出拜访、争取经费，发现“大年到了人家那儿，从不谈钱”。

有一次，见财政部一位司长，两个多小时，黄大年“掰开揉碎”地只讲国际上都在做哪些尖端技术，这些技术对中国有什么用，似乎把经费的事情忘在脑后，让一旁的刘财暗暗心急。没想到那位司长还没听够，中午把他们留下来吃了盒饭，此后不仅痛快地批给经费，还一直追着黄大年做项目。这种情形在平时是很少见的。

有自认为和他关系不错的专家找来，想替某科研机构“拉点儿经费”，他一句“我没有敌人，也没有朋友，只有国家利益”，直接把对方噎了回去。后来对方发现，就连黄大年所在的吉林大学也没有多拿一分钱。

黄忠民看他整天飞来飞去，手头的项目却大多给了外校，十分不解地问他：“我说大年老师你为什么要把自己搞得这么忙？你

◎ 黄大年在深地探测项目松科二井现场

忙我们地探学院的事情我当然大力支持，忙吉林大学的事情，我也非常支持，但是你帮其他高校和研究机构出谋划策，帮他们设计项目，他们是我们的竞争对手，他们要争取到一大块钱，可能意味着咱们这边要少一部分经费了……”

黄大年却十分耐心地对他说：“忠民，咱们不能那么狭隘，我们要站在国家层面来考虑问题。我们能力之外的，就应该联合国内更多高校共同来把事情做好。”

对于美好的人生品格，朱光潜这样诠释：“以出世的态度做人，以入世的态度做事。”

黄大年就是这样一个人——以出世的态度做学问、搞研究，超然物外；以入世的态度爱国家、爱科学，殚精竭虑。

但有一次，超然物外的黄大年发了大火。

按照项目要求，深探项目第九分项要召开月度的项目课题组长视频答辩会。

“怎么回事？小王，你都催过了吗？”黄大年迈着大步，急匆匆地跨进会议室的门。

“都催过了啊，黄老师。”王郁涵偷偷瞄了一眼墙上的钟表，9点50分了！

此时项目千头万绪，正是确定各个课题具体目标的关键阶段。距离开会还有十分钟，要求提前上交的材料还没收齐，多个视频会场的人也没到齐。

“人浮于事！”大手一挥，黄大年突然把手中的滑盖手机砸向地面，手机屏幕摔了个粉碎，在场的几个人都惊呆了。

“我们拿了这么多纳税人的钱，怎么就能如此草草做事呢？汇报的PPT不好好做，开视频会也不按时到？我们得遵守契约精神啊！”那天会后，黄大年还在生气。王郁涵默默地把手机递给他，屏幕已裂成了蜘蛛网。

事后，黄大年和董树文坦言道：“我有时很急躁，我实在无法忍受有人对研究进度随意拖拉。我担心这样下去，中国会赶不上啊！”

“大年，你要服水土，很多事情要慢慢来，逐步跟你的想法对接！”董树文善言道。

“那不是我！要是那样，我就不用回来了！”黄大年执拗地说。

董树文因此得出一个结论：别看大年平时乐呵呵，急脾气上来很犟的，“九头牛都拉不回来”。

空谈误国、实干兴邦！黄大年着急啊！他急一身绝技施展不开，他更急在深探领域祖国和世界看得见却摸不着的差距。他想用五到十年，使我们国家成为在国际上真正具有竞争力的、掌握高精尖技术的国家，他觉得就应该抓紧实干！

黄大年坚持以项目管理的方式抓科研协同。他提出“滚动中淘汰”，“前期给了五百万，干得不行，下一期的钱就收回来”。“千人计划”专家王献昌很吃惊，“钱都答应给了，怎么可能收回来呢？”

可黄大年硬是拉下脸来，在管理中形成了中国科研前所未有的倒逼机制。

杨长春理解他，“大年追求的是科技的极限，他不是去抢跑，而是在做事情之前，就先想明白科技的巅峰在哪儿、极限在哪儿，他想到了极限，就争分夺秒去跨越极限、赶超极限，这就是他着急上火想去突破的原因。”

高平也跟他深谈多次，到最后黄大年说：“咱俩聊过以后我心里好受多了。我回来干吗？不就是要迎接这些挑战吗？！我一定会适应环境，努力去改造环境。”

在祖国的科学事业面前，黄大年的激情就好像大地深处的熔岩，喷薄而出，奔流向前。

深探专项经常开会，特别是在策划重大专项时，议程常常是今天通知、明天开会。可身在长春的黄大年十次有九次都会按时出现。董树文说大年是出勤率最高的核心专家组成员。

高平问他：“你累不累？前天刚走，今天又来。”他却说：“这么重要的会我一定要来。”

高平很感动，她从没看到黄大年疲惫的样子。看着他聚精会神的样子，她不知道他牺牲了多少自己的休息时间，又可以想象，他是怎样行程满满，天南海北地奔波。

会议讨论时，黄大年的那种方式一开始让董树文也受不了。他跟人们也交流过，会上最直言的就是黄大年，台上还没讲完，他底下就给你“捣乱”。

“院长，这个目标我认为定得有点儿不太科学！”

董树文隐忍地问：“大年，你等我讲完再说行不行？”

结果黄大年愣是回了句：“不行！你们不能这样说！”

慢慢地，董树文意识到这不是坏事，间接地也就接受了。此后，凡是深探项目的会议，大家把事情都放在桌面上讨论，不再“弯弯绕”，也没了背后的“小动作”。

深探专项第九项目做第一次年度汇报的时候，黄大年的课题按次序被排在最后。他上台汇报的时候，已是下午了，底下的领导和专家走了一大半，剩下的人也都满脸疲态。黄大年当着众人的面跟董树文“发飙”了，“领导怎么这么不重视？两天的会，第一天下午就走了。你也不重视！”

“我怎么不重视了？”

“装备是深探事业的硬件基础和关键支撑，你把我的汇报安排在最后一个，大家都没有兴趣听了，自然也就不会有什么意见反馈，这么做还有什么意思？”

董树文听了，觉得有道理。第二年汇报，他说服其他项目，把第九项目安排在了第二个，结果黄大年就像孩子得了块儿糖，心满意足。

从会议形式的创新，到项目机制的变革，深探专项不是第一块“试验田”。一张表格上，密密麻麻记录着七年间黄大年一力承担的诸多项目。还有许多项目，无法在这张表格上一一列出。

2016年6月1日，在北京举行的“国家‘十二五’科技创新成就展”[①]上，黄大年与中国科技界首位诺贝尔奖得主屠呦呦、国际著名量子通信专家潘建伟、国际著名生命科学专家施一公等，一起上榜、名列前茅。

很多人并不清楚黄大年从事的地球探测项目究竟有何深意，但却记住了他和善的微笑，还有他简洁明快的座右铭：“为梦想而行动的人是不会被埋没的。”

为梦想而行动！七年间，黄大年带领四百多名科学家创造了多项“中国第一”：地面电磁探测系统[②]工程样机研制取得显著成果，为产业化和参与国际竞争奠定基础；固定翼无人机[③]航磁探测系统工程样机研制成功，填补了国内无人机大面积探测的技术空

---

① 国家“十二五”科技创新成就展：于2016年6月1日开展，向全国人民展示五年来科技创新改革取得的新进展和新成果，展览内容共分“总况、重大专项、基础研究、战略高技术、农业科技、民生科技、区域创新、大众创业万众创新、创新人才、融入全球创新网络”十个展区，集中展现“十二五”期间中国科技创新改革取得的新进展和新成果。

② 地面电磁探测系统：“地面电磁探测（SEP）系统研制”课题（SinoProbe-09-02）是国家公益性行业专项“深部探测技术与实验研究”（SinoProbe）中第九项目“深部探测关键仪器装备研制与实验”下属的第二个课题。课题组经过三年多的艰苦攻关，自主研制了整套地面电磁探测系统，包括大功率发射机、多通道采集站、系列磁传感器和三维电磁数据处理软件，达到了任务书的设计要求和考核指标，并取得了一系列创新性成果。

③ 固定翼无人机：是机翼外端后掠角可随速度自动或手动调整的机翼固定的一类无人机。目前已经广泛应用在测绘、地质、石油、农林等行业，具有广阔的市场应用前景。

白；无缆自定位地震勘探系统[①]工程样机研制突破关键技术，为开展大面积地震勘探提供技术支持；万米大陆科学钻探工程样机“地壳一号”横空出世，超深井大陆科学钻探工程向前迈进……

而刮起“大年旋风”的深探专项，更是以第九项目的结题为标志，深部探测能力已达到国际一流水平，局部处于国际领先地位。我国深部探测五年取得的成果超过了过去五十年，国外专业期刊这样评价：中国已正式进入“深地时代”！

有些成果，是看得见的贡献；有些事情，是潜移默化的影响。

高平说：“大年对待科学是很‘任性’的，他不唯上不唯权不唯关系，不允许‘你好我好大家好’，带回来一股清流。”

以至于有些会议他不到场，有些部门的负责同志就会问：那个“爱提问题”的专家怎么没来？科技部的一位同志认为，“黄大年能围绕一个问题讲到方式方法的层面上，而不是提出‘瓶子没拧紧’‘线画得不直’等表面的问题去规避风险。”

很多青年学者见了他，总是“既忐忑又期待”，忐忑的是任何瑕疵都逃不过他的“火眼金睛”，期待的是他不仅会提出课题报告中有哪些问题，还会提出下一步怎么改进、怎么规划、怎么转化成产品。

黄大年说：“我在国外时接待过很多国内的团组，我很想把所

---

① 无缆自定位地震勘探系统：深部探测专项第九项目“深部探测关键仪器装备研制与实验”所属SinoProbe-09-04-“无缆自定位地震勘探系统研制”课题所研究的项目，课题组经过四年的努力，自主研制了适用于复杂地形条件下深部探测的无缆自定位地震仪。

有知道的都告诉他们，不要再走弯路。”

杨长春感到，如果一个首席科学家，认真地、带着情怀去做一件事，这件事或多或少、或快或慢还是会推动起来的。有很多过去感到“不舒服”的人后来也感到，黄大年的建议是有益的、真诚的，也开始向他求教、与他交流。

渐渐，只要知道他在学校，总会有本校的、外地的青年教师来请教，在办公室门口排起长队。别的学校要申报课题，只要他认为符合国家发展战略，他就帮人家跑项目、跑资金，把竞争变成了合作。

王郁涵开玩笑说，“得准备个叫号机”了。那些学术问题，哪有那么容易讲清楚，可是黄老师从来不嫌烦，会给他们掰开揉碎地讲上两三个小时。

轮到他自己的事情，他却抽不出时间了。学校领导几次催他抓紧申报院士，他婉拒：“先把事情做好，名头不重要。”代表单位参加学术会议或讲座，他能一口气准备十几页的材料，但要让他填报个评奖材料，半页纸都不到。

他的团队分分合合。有的人觉得跟着他捞不着名头，走了；有的人迫于养家糊口的压力，也走了。为了留住“刚刚冒出的苗子”，他一次次找学校、想办法，掉过不止一次泪。

有人劝他：“黄老师，咱也当个领导，这些问题不就好解决了？”可他说：“要是需要这些，我就不回来了。我们是为国家做事，只要塌下心来，水到渠成。”

一次，高平到吉林出差，特意去黄大年的办公室看了看。他热情地带着她从这间屋走到那间屋，从这个设备看到那个仪器。

看到这些与国外完全接轨的开放研究空间，高平问他：现在这里是不是有你在国外工作时的影子？黄大年高兴地回答说：“你看！我有一支团队了，不是我教他们学，我们是一个共同创新的整体，将来是要干大事的！”

黄大年最得意的是他设计的茶思屋。在507办公室的对面，有一间十几平方米的房间，干净素雅，沙发、音响、投影、吧台……入门处的书架上，摆放着最新出版的国际期刊和学术杂志。直通屋顶的欧式酒柜上，团队的奖状奖杯摆在最上面，白酒、红酒、香槟摆在中间，下面微波炉、咖啡机、面包机一应俱全。

从一间空屋子开始，黄大年用自己的钱，一点一点添置了茶思屋的各种家当。在这里，他常会惬意地煮一壶咖啡，与来访的外国专家交流观点。或是叫上三五团队师生，来一场“头脑风暴”。每年圣诞节，这里的圣诞树、蛋糕、水果、啤酒，还有空灵的圣歌，都令他仿佛回到剑桥生活。

黄大年拉着高平在茶思屋门口合了影。高平蓦地发现，大年鬓边的白发多了，肩膀有点儿塌，脸色也没有在国外时滋润。可是他站在那里，那种意气风发的感觉，仍似一个朝气蓬勃、以梦为马的青年。

“大年号”无人机：完美弧线的背后

“显利，不用说了，咱不干了！”

2014年9月的一天，507办公室，黄大年一拍桌子，厉声打断了团队成员于显利的汇报。

王郁涵送进来一杯咖啡，知道是无人机库的事情进展不顺，劝道：“黄老师，您先消消气。”

“是啊，您消消气，您看咱们都走到这步了，现在不干太可惜了。”于显利也劝。

于显利的手里，攥着一张纸，那是搭建无人机库的审批申请。作为移动平台探测技术研究的关键环节，无人机的研制与存放需要机库。而机库作为临时建筑，在选址、搭建、消防、管理等方面涉及学校多个部门，需要逐项审批。

这件事，黄大年交办给于显利。可是过了大半年，签章只进行了一半。

每个部门，必须一把手签字；签字顺序，需要依照部门职能排

◎ 黄大年（左二）及团队成员在极寒天气下进行固定翼无人机试飞

序；每个部门的一把手，都有几个校区的事情需要处理，如果起初跟一个部门约好了，结果有事耽搁晚来几分钟，就只能再约下次。赶上一把手出差，就得等上十天半个月。

把这些字签完，就可以给无人机安家了。

黄大年盼啊，盼啊，那个在年轻时就曾经萌发的梦想也终于可以安家了。

在英国时，他和同事们渐渐掌控了移动探测技术。每次随外方舰艇出海研究，望着在甲板上轻盈飞起而又平稳落下的无人直升机，他都会在内心慨叹：什么时候，中国也能拥有这样的技术，望向大海深处？

现在，随着“重载荷智能化物探专用无人直升机研制”项目的推进，这个梦想越来越近了！

一连数月，黄大年一头扎进这个新项目的调研，一有空就跑到无人机模型销售的店铺，看看这个、再试试那个，有几次店主都要打烊了，他还赖着不走，最后只能自己掏钱，直接把模型抱回办公室，像是捡了个宝，乐得合不拢嘴。

样机采购回来，需要赶紧搭建机库，但让黄大年没想到的是，机库搭建竟然如此曲折。

一开始，团队在食堂旁边的空地上找了个位置，一圈审批跑下来到了公示的时候，附近的老百姓不干了，说盖上以后把自家房子的光挡没了，一闹就闯进了地质宫。

静静的走廊上，几个大爷大妈吵吵嚷嚷走了过来。

“就这儿，这就是那个黄大年的办公室！”

黄大年闻声出来：“你们有什么事？”

“你就是黄大年啊？听说你要盖什么无人机库？你为啥非得在我们家门口盖？把我们的光都挡了！你要盖，我们不同意！”几个人你一言我一语的，闹起来了，更有甚者不管不顾地指着他的鼻子，骂得难听。

黄大年十分和气地给他们讲道理：“这是国家的项目，我们是在为国家做事，还希望你们支持我们啊。”

来人根本不听，被劝回去之后又几次三番闹到学校。实在没辙，只得在地质宫旁边的空地上勉强挤出一块地方。

这么一折腾，就到了10月。虽是秋天，可长春的封冻季节眼看就铺天盖地地来了。好不容易批下来的机库，就在最不适宜的季节动工了。

黄大年找到先期去北京进修学习无人机技术归来的退休教师王永泉，请这位校内有名的“动手大王”帮忙组织施工。

从设计草图到打地基，从搭建钢板骨架到做圈梁和墙围，王永泉几乎天天蹲在工地。他知道黄老师把这一块看得很重，他也明白黄老师知道国家战略往哪儿走，“他往哪儿指，大家就跟着往哪儿奔”。

天气渐凉，黄大年自己掏了千把块钱给王永泉，叮嘱他每天给施工人员购买食品并熬制红糖姜水，给大家暖暖身子。他说：“王老师，如果施工时间太晚，就请大家吃顿饭，钱不够千万要记得和我说。”

入了冬，机库的架子终于搭起来了。只要不出差，黄大年总要过来看看。有些工程只允许夜间施工，他就加完了班，直接拎着面包和可乐来了。

长春的冬夜难熬啊！太阳一落山，外面就是零下二十几摄氏度，钢架结构的机库俨然就是冰库。黄大年蹲在一边，草草糊弄两口，就开始帮着工人们递工具、搬建材。有时实在太冷，他就找件军大衣，直接套在羽绒服外面。

2015年3月的一天，就在机库即将竣工的时候，于显利突然发现机库临街的大门上贴了一张告知书：“限该建筑所有权人于2015年4月2日前自行拆除。逾期不拆除我局将依照有关规定申请有管辖权的人民政府依法强制拆除。”

于显利立刻三步并作两步地跑到地质宫，把这个情况告诉黄老师。黄大年立刻向学校做了汇报，又给有关部门打了报告，大意是“这属于搞科研的民事建筑，不用的时候我们就拆掉了”。对方回复“收到了”，一时风平浪静。

然而，一直让人隐隐不安的事情，还是发生了。

一天刚过正午，突然有学生推开门：“黄老师，有人要来拆机库！”

黄大年腾地一下站起来，径自冲了出去。学生们也跟在后面，都赶了过去。

机库门前，水泥地面映着正午的阳光，微微有些晃眼。一辆卡车正对大门，发出轰隆隆的声响。

黄大年对着领头来的人说：“不能拆！我们打过报告的。”

“我们不知道什么报告，这是违建，必须拆！”

黄大年没有工夫思考，他的心里只有机库，它就像个难产的孩子，他实在接受不了它的夭折！

卡车的引擎咆哮着，掀起气雾般的灰尘，弥漫在空气中。

这时，黄大年突然闪身向前，直挺挺往车前一躺，此刻的他只有一个念头：除非从我身上压过去！

卡车停了，车头的前盖还晃晃悠悠地抖着。

学校领导赶来了，黄大年在空地上躺了许久，迎着刺目的阳光，那阳光刺得他的眼睛一阵酸涩。

工人们傻眼了：原来这个“打下手”的是个大专家啊！

无人机库保住了。黄大年却被很多人看成了“疯子”。

黄大年听闻，毫不介意，“中国要由大国变成强国，需要有一批‘科研疯子’，这其中能有我，余愿足矣！”

有了机库，无人机可以开始做实验了。黄大年发掘的两个苗子要上场了。

博士生周帅对无人机的兴趣是被黄大年“鼓吹”的。“老师说他在海外做探测，飞机在上面飞，他跟同事们就在一旁喝咖啡，咖啡喝完了，活儿也干完了！”

黄大年送周帅去做操控手，学费很贵，他二话没说，直接从工资里取了三万元。两个月后，周帅顺利结业，黄大年捧着他的执照，像孩子一样开心地笑了。

黄大年又找到曾在大庆油田工作的张代磊，培养他专攻无人机操控与探测仪器搭载。

无人机搭载探测仪器，并不是简单地把机器放置在无人机上，要考虑载荷、连接、平衡、减震、飞行距离、数据监控等一系列复杂因素。为了完善技术参数，黄大年常常连夜查阅资料，然后实地对测试工作提出指导建议。

一次在保定，黄大年带着资料满脸倦容赶到测试现场，累得实在挺不住了，就躲到工作车里去打盹。在中国地质大学工作的老同学张贵宾恰好也来了，想拉着大年叙叙旧。找到他时，愣住了：在无人机测试车的轰鸣声中，大年就裹着件夹克，蜷着腿睡着了，像极了大街上席地而卧的农民工……

就是这位“科研民工”，组织研发和集成智能化无人机搭载平台和相关减震稳定平台，攻关低磁低静电特殊材料组合、垂直安全起降、快速稳定平移等关键核心技术，形成了吉林大学在无人机领域高起点的新兴研究和交叉学科发展方向。

就是这位“科研民工”，主动联系中国航空学会组织部领导和吉林大学校领导，促成吉林大学加入中国航空学会；当得知浙江余姚想要发展无人机产业，主动带着团队到当地进行对接合作；他在多个部门和机构间奔走，推动吉林省建成“无人机产学研用基地”……

转眼到了无人机成果展示的关键时刻。“吉林大学留学人员助推吉林省无人机产业发展行动计划”[①]的启动仪式要在珲春市举行，但黄大年因为连续熬夜右眼角发了炎，他自己没在意，竟用一根牙签挑破了眼角的肿块，结果引发严重感染，有人建议活动推迟，可他却坚持按原计划进行。

还能更高、更远！在黄大年的心中，这个愿望是如此强烈而又迫切。即使眼部的疼痛让他无法入眠，只要看到那伸展的机翼、加速度地腾飞，他就心满意足、乐而忘忧了。

无人机出彩了！珲春的活动成功了！黄大年精神饱满、忙里忙外，主持论坛、发表演讲，到生产企业进行指导，又组织近两个半小时的试飞演示。从始至终，他眼角覆着厚厚的纱布，但嘴角却挂着欣慰的微笑。

姚立华依稀记得，试飞成功后，黄老师和他的爱人张艳一同出现在庆祝现场。大家请他讲话，他突然说：“今天是个特殊的日子，我要给我的妻子唱首歌。”事后才知道，那天正好是张艳的生日。

一首《爱在深秋》，让姚立华看到黄老师的另外一面。她心里反复在想：黄老师看张老师的眼神里什么都有，歉意、疼爱、无法分身的无奈……他不爱家吗？他真什么都不顾了吗？他心里有家人、有朋友，但他想用他的生命创造一个更大的价值！

---

① 吉林大学留学人员助推吉林省无人机产业发展行动计划：围绕无人机产业项目，组织专家进行理论研讨、项目论证、现场观摩和技术交流等活动。

这更大的价值究竟是什么？姚立华始终在慢慢品味：黄老师的爱很大，不是儿女情长，而是远远超出常人的境界。他之所以这么拼命，就是希望我们的国家强大，得到国际尊重，站在他的高度，他心里担负的是“国家兴亡，匹夫有责”的使命感。

瞿秋白在牺牲前曾说：“光明和火焰从地心里钻出来的时候，难免要经过好几次的尝试，试探自己的道路，锻炼自己的力量。”

黄大年的无人机，就是涅槃重生的凤凰。

无人机的技术日臻成熟。2016年12月13日，于显利带着三个学生，刚刚把无人机运到广州，参加即将举行的“千人计划”专家科研成果展，黄大年却被医生强制住院，无法参加。

于显利在微信上给黄老师汇报：“我们计划18日出发，18日晚上到达，19日和20日两天布置会场，这样时间充裕些；刚才与您的学生唐水亮联系上，他也是18日到达，我们会齐心协力把展会办好，彰显黄老师团队的科研成果，不辜负您对我们的期望！”

“出息了，顶个了，真高兴！”看着于显利发来的照片，黄大年微信里竖起大拇指。

收到这个回复，于显利心里暖暖的。他当时还不知道，这是黄老师给他最后的留言。

2017年1月4日傍晚，贾继伟和张代磊在医院陪护，黄大年最后一次从ICU被送进手术室。张代磊扶着推车，心疼地望着黄老师：他的身体因积水而严重浮肿，胳膊上、腹腔里，看得见、看不见的地方全都插满管子。

落日余晖，此刻正撒在黄大年脸上。他突然眯起眼，微微举起手臂，试图挡住那簇微弱的光。张代磊见状，连忙用手给黄老师遮住。

黄大年的生命，就从此刻起，与天地间的万丈阳光隔绝了……

得知黄老师去世的消息，姚立华懵了，她想了很久，想不通，又想了很久，想通了。

她想起黄老师在无人机放飞仪式上唱起的那首“情歌”，她想起有一次他说，他一定要学会《我爱你，中国》……

可是，黄老师太忙了！为了他热爱的事业，他几乎放弃了所有他喜爱的消遣，就连唱歌这样一件再普通不过的事，对他来说也是一种奢侈。

2016年10月2日深夜，黄大年曾把《我和我的祖国》的歌词一字不落地发进深探项目微信群，告诉大家“如果今夜难眠，戴上耳机听听小提琴曲《我和我的祖国》，动听悠扬，遐想入睡”。

一个多月后，他又在“吉大海归群”里询问曾在校庆晚会上合唱的《共和国之恋》。“一天一夜没睡了，那么长时间刚吃完一顿饭，就想听她！”

偶尔在差旅间隙听听这些歌，黄大年浑身上下的力气又回来了。他把生命之火烧得更旺，为了“她”继续奔跑、攀登，直到最后一刻！

生命倒计时

2015年9月的一天，司机刘国秋给黄大年的秘书王郁涵下了最后通牒："小王，连着三天半夜拉活儿，这咋整？给多少钱我也不干了！"

电话里，王郁涵赶紧说好话，"坐车的老师很辛苦，刘师傅您好心帮帮忙吧！"

刘国秋是王郁涵为黄大年找的网约车司机，也是唯一一个能和黄老师"将就"的司机。

黄大年常年坐北京到长春的最后一班航班。按正点是凌晨1点35分落地，可一遇上晚点，就得后半夜了，谁都不愿接这种单。

这一次，电话里王郁涵好说歹说，刘国秋只得勉强答应，"反正是最后一回了"。

到了这个钟点，零零星星的乘客中，黄大年背着大书包的样子很显眼。刘国秋闷闷地下了车，帮他打开车门，他依旧乐呵呵地喊了一声："刘师傅，辛苦了！"结果刘国秋却没抬头，只是勉强应

◎ 黄大年与学生们在一起

了一声。

上了车，黄大年察觉是刘国秋情绪不高，似乎看穿了他的心思，突然提高了声调，很认真地说："刘师傅，我做的事都是为国家，你拉我也是为国家做贡献。"

他这么一说，刘国秋心里一震，不由回头看看他。透着路边的灯光，他看出黄大年一脸疲惫，心里一震："一直感觉这小老头儿挺精神，应该是个大人物，还真不知道他到底是干啥的。"

2015年开始，黄大年有一半的时间在出差。他的日程表上，有些日程只标注一两个字，还有些临时通知的根本来不及记录。

起初，刘国秋和同事们轮番接送黄大年，到了后来，别人都不愿拉他，只剩还算热心的刘国秋"一个人遭罪"。

黄大年出差，永远订最晚一班。晚上10点的飞机，计划8点走，他在办公室的事情还没弄完，每次都要晚个十几、二十分钟才能出发，最后一刻登机的情况也不鲜见。

好几次走到车门边上，黄大年还在和学生讲问题，刘国秋在一旁急得直跺脚，只能拽着他就往车里塞，"再不走就真要误飞机了！"

黄大年坐定了，总会笑呵呵地说一句"刘师傅，抱歉啊，让你久等了"，然后从双肩包里掏出三个用塑料袋套着的烤苞米，往刘师傅手里递一个，"我吃两个，这是你的，我先吃，馋你哈。"

拉上黄大年，这辆车牌为"吉AAG629"的速腾车就会上演"速度与激情"。刘国秋总是想尽办法，赶抄近道，黄大年则边啃苞米边打电话，说的都是中文，可刘师傅几乎完全听不懂。偶尔，有个十分八分的空闲，他就和刘师傅拉拉家常，有几次还聊起他家乡广西的特产。

10月的一天，刘师傅又在黄大年家居住的小区门口干等，他正要给王郁涵拨电话，让她催催黄老师，一抬眼，看见黄老师拎着小皮箱，急匆匆走过来。刘师傅正要准备接过皮箱，帮他放到车后厢里，黄大年突然身子一倒，扑到他身上，刘师傅赶忙扔下皮箱，用手扶住了他。

几秒钟工夫，黄大年缓过劲儿来，说了句："没事了，咱们走吧。"

刘师傅一听愣了，问道："你还走啊？！"

"一定得去。我就是太疲劳了，没睡好觉，没休息好。"黄大年摸了摸额头。

"你真该休息一下，要不别去了。"刘师傅还想劝他，又怕自己多嘴。

"刘师傅，这个会特别重要，你必须拉我去机场。"

没过几天，"十三五"重点研发计划要赴京申报，刘国秋把黄大年、于平送往机场和团队师生会合，瞧着他脸色非常不好。于平一查，北京雾霾，飞机飞不了，就和刘国秋两个人一路轮番劝他别去了，好好回家休息。

走到半路，两人终于把他说通了。黄大年说让于平自己去，先送于平去火车站，没想到抵达火车站，他又说啥也不干了，绝不能扔下师生们自己回去。

相处久了，刘国秋能感到，黄老师虽然脸上笑呵呵的，其实“犟得很”，谁都拗不过他。

出差回来，黄大年订的也是最晚航班。见面第一句总说：“刘师傅辛苦了，实在不好意思，又这么晚回来。”然后就坐到后排，车子刚开动，就打起鼾来了。

黄大年常常倚着车门、睡得很沉，不招呼根本醒不了。刘国秋担心他碰开车门掉出去，只好把左后门的门锁改装了。后来，还是瞅着不落忍，就从家里拾掇出一套毯子和枕头，黄大年上车了，好歹睡着舒服些。飞机晚点等着黄大年的时候，刘国秋自己也会用着眯一会儿。

偶尔，赶上黄大年没睡着，刘国秋好心劝他：“你是不是得休息休息，你总这样身体不行。”看他整天捧着苞米啃，他也说他：“你也不能整天吃那玩意儿。”可黄大年总是说：“没事儿，我身体啥事儿没有，需要我工作的地方太多了。”

是啊！需要黄老师的地方太多了！

作为他的助手，于平根本无法准确说出黄老师同时在参与多少个项目的科研工作。

师生们开玩笑，除了长春机场的夜班地勤，见他次数最多的成了地质宫打更的大爷。地质宫晚上十点要清楼锁门，不出差的时候，黄大年常常凌晨两三点离开。赶上飞机晚点，第二天又要开会，他就直接赶回办公室，拽出书柜里的棉被凑合一宿。

起初，打更的大爷很不情愿，找到院领导那里去抱怨。黄老师知道了，赔着笑脸，还时不常给大爷的小孙子捎点儿零食。

有一次，他深夜下楼梯，迷迷糊糊想着问题，一脚踏空，从楼梯上跌了下来崴了脚。大爷心想，这几天肯定见不着黄老师了。可没想到，第二天他又一瘸一拐乐呵呵地来敲门。大爷也被他的精神打动了，说“以后无论多晚，喊一声就行”。

连打更大爷也被折服了，这就是“拼命黄郎”的生物钟——

清晨，长春的太阳起得迟，畏寒的鸟儿还瑟缩在窝里。黄大年在办公室睡上两三个钟头，就爬起来工作了。他从沙发上坐起来，伸伸胳膊抻抻腿，到外间拎个水壶，倒些隔夜的温吞水在白瓷脸盆里，刷个牙，擦把脸，就快步下楼来到不远处的校园面包店。

不带馅儿的菠萝包，他总要捎上一袋，没有菠萝包，就要白切片，回去灌上一大杯黑咖啡，就埋首在成堆的资料里。有一次，有人好奇他为什么不买带馅儿的面包，他回答说“老看资料，弄脏了麻烦”。

中午，大家叫他去食堂，他盯着电脑，目不转睛，常常是吃“两个烤苞米就行。”苞米带回来早就凉了、硬了，他依然吃得津津有味。赶上烤苞米的路边摊没出摊，他就从书包里再掏个菠萝包，继续奋战，直到深夜。

2016年1月，深探项目课题答辩，黄大年带着大家熬了半宿，几十份材料总算准备差不多了。突然，他发现一张配图不合适，就要求马上改正，全文重新校对、打印。大家劝他先回去，可他还是坚持等着审看，一直到了凌晨三点。睡了两三个小时，就起来准备当天上午的答辩。

同一个团队的“千人专家”王献昌就没看见他正经吃过饭，不禁担忧地劝道：“大年，你这是拿命在做科研啊。你这样下去，就是铁打的身体也会扛不住啊！”

可他却走到办公室窗边，举了举放在那里的哑铃，笑着说：“献昌同志啊，我们虽然努力了，但还很不够。我是活一天赚一天。”

2016年6月27日，黄大年晕倒了。

临近正午，507办公室内突然传出“嘭”的一声，惊动了坐在外屋的王郁涵。她推开门，看到黄老师躺在地上，赶紧拽过他的书包，找出他叮嘱她准备的速效救心丸，给他塞到嘴里。

过了一会儿，黄大年醒来，对王郁涵说的第一句话是：“不许跟别人说。”王郁涵顶着黑眼圈，飞快地看一眼黄大年办公桌上小山一样高的一摞材料，默默地应了。

深探专项答辩进入最后倒计时，他们已经熬了将近三个通宵。黄大年更是逐页检查、反复推敲。“这个项目，可是凝结了我们团队六年的心血，一点儿不许松懈。”黄大年像是在跟王郁涵说，又像是在喃喃自语。他走到办公室门口，关上门，在沙发上躺了二十分钟，就赶往北京参加答辩。到了宾馆，已是晚上11点，他把师生们汇总的全部答辩材料拷贝出来，就一个人回了房间。

那又将是怎样的一个不眠之夜啊！

第二天下午2时30分，黄大年揉了揉布满血丝的双眼，又含了几粒速效救心丸，以惯有的自信完成了历时两个半小时的答辩发言。

专家组验收结束后给出结论：项目成果整体达到国际领先水平。

这是国内同类项目评审中的最高评价。

由此，中国重型探测装备技术研发实现了弯道超车，完成了跨代飞跃！

那一天，很少沾酒的黄大年一口气喝掉半瓶，他在微信朋友圈写下这样的感言：

> 我和我的团队成员五年多来没轻松过，最近一段时间没睡好过，有累倒的，有因委屈而忧郁的，有半道放弃的，还有失去家庭生活的……我在最后一刻也终于没撑住，终于倒下，是吃着救心丸上验收场的，别人替代不了。但是，正是这些项目能为吉大培养出一帮“疯子”和“狂人”，一批能打硬仗的精兵。

身体已经发出强烈预警，可黄大年却依然像一台永动机，一刻不停。

他的内心时常涌出巨大的不安全感。他担心在科学的竞跑中，取得的任何成绩都将马上成为过去，他生怕稍微慢一步就被落下了。

这种“不安全感”、这种“本领恐慌”，让这个“拼命黄郎”更加疯狂，像只陀螺转到了极限！

看着他加班加点却眉头紧锁的模样，杨长春知道，大年需要不断地去破除、否定、推倒自己已有的东西，去实现一点一点地提高、赶超。他已经找到了追求事业和梦想的巅峰状态，胜利的时刻应该不远了！

正是这个“拼命黄郎”，每年几十次往返于十几个科研机构，协同几百位科学家并肩奋战，用五年时间完成了西方发达国家二十年走过的艰难路程。

在他牵头项目下设的尖端装备重力梯度仪的研制上，我国数据获取的能力和精度，与国际的研发速度相比至少缩短了十年，在算法上则达到了与国际持平的水平。

也正是这个“拼命黄郎”，又从战略高度提出研发我国大深度、大面积、高效率的快速移动探测系统和综合地球物理资料处理解释系统。在他一次次不辞辛苦地向有关部门讲解后，国家批复了三亿多元的科研经费，比预期申报的增加了一亿多元。

“如果没有一种强烈的热情，谁能这样坚持下来？”看着黄大年因为科研进度欣喜若狂的样子，董树文也时常想起他刚刚回国时的情形：这个从一开始很不习惯、不习惯我们开会、不习惯我们讨论的人，做出了怎样的努力和改变，才能引领协调这么多科学家完成这么多、这么大的项目？

黄大年的生命，在向科学事业的巅峰进军中，迸发出耀眼夺目的火光。可支撑这火光燃烧的身体，却加速着迎向死亡。

2016年11月29日，日程表上龙飞凤舞地标记着“第七届教育部科技委地学与资源学部年度工作会”。这天凌晨，在北京前往成都的飞机上，黄大年又晕倒了。

“病人什么情况？”凌晨2点，急救车一路开进成都第七人民医院急诊大楼，医生一边推着担架床，一边看着这个面色青黄、脸冒虚汗的中年男子。

“在飞机上，他说胃很疼，就昏过去了。”同行的一位同志焦急地回答。

“他吃什么了？”

“他今天没顾上吃饭，登机前就喝了一瓶冰可乐。”

“可乐？”医生带着怀疑，想为他做初步检查，却怎么都拿不开他抱在怀里的电脑。过了一会儿，他终于醒来，睁眼看到医生微微一愣，又赶紧摸了摸怀中的电脑，喘了一口气，又对旁边的同志说：“我可能不行了……我要是不行了，请把我的电脑交给国家，里面的研究资料很重要。”

这台电脑，在黄大年眼中，比命还重要。他从国外两手空空地回到国内，这台电脑里装的，都是他呕心沥血的精华。

这一晚，黄大年都抱着那台电脑，睡得很不安稳。早晨一睁开眼，他就撑着爬起来。护士赶过来劝他做进一步检查，他却塞了一把速效救心丸，背着书包奔出病房，“还有个会，挺重要的，我得去。”

当他匆匆跨入成都市翔宇宾馆的会议室时，有人下意识地了看表，黄大年怎么会迟到？也有人注意到，这个总是一丝不苟的人今天有点儿不一样——

他的那件黄色呢子西装皱得厉害，背也挺得不直，脸色泛着青黄，下巴上还有没刮干净的胡楂。直到登台演讲，他才恢复了往日的神采，一边熟练地演示着他无懈可击的PPT，一边滔滔不绝地导出他最新思考的问题。

回到长春，黄大年被强制做了体检。他叮嘱于平不要告诉其他人，以免影响工作。还没出结果，他又跑去北京出差。

检查结果：疑似胆管肿瘤。

于平一下子懵了：这种病怎么会落到了黄老师身上？！

那天晚上，于平在家附近的一间咖啡馆坐了很久，直到止住哭泣，才敢接起黄老师不断打来的电话。

已近午夜，黄大年刚刚兴高采烈地和一些专家探讨了一些问题，又来询问一些工作的落实情况。于平强打精神回答着，却一遍遍在心底问着自己："黄老师身体这么好，却出了这样的问题，这是为什么？为什么？……"

她想到他没白没黑的作息，想到他草草了事的饭食，想到他一杯接着一杯的黑咖啡，想到他敞开窗吹着冷风提神，想到他有几次腹部痉挛的奇怪发作，想到他越来越不爱下楼、越来越疯狂地工作……

她怨黄老师啊，每次劝他要注意身体，他总是走到窗边，炫耀式地举举杠铃说："我们地质人，翻山越岭，走南闯北，身体好啊！"

她恨她自己，每次黄老师错过了体检，她都没有坚持己见，硬拉着他去医院……

她还想到了黄老师这两年时常挂在嘴边的话：“我是活一天，就赚一天。”

为什么，黄老师要说这么不吉利的话？

一种可能的答案，后来是在他家中发现的——

黄大年离开后，王郁涵陪着黄大年的妹妹黄玲去家中整理遗物。房子空空荡荡，从门厅到卧室，好像很久没有人住过。走进卧室，打开衣柜，有很多没拆包装的羊毛衫和衬衫。

“原来，黄老师不是没买，而是没时间打开。”王郁涵的眼泪唰地下来了。

她想起黄老师身上的衬衫都洗得软塌塌的，每次问他怎么不换几件新的，他总说“洗旧了的贴身，舒服”。

有一次，她发现黄老师常穿的一件羊毛衫的胳膊肘破了，她用手指了指，提醒黄老师。黄老师一看，圆圆的脸上咧出一个憨厚的笑：“没事儿，不耽误穿。”

正在她出神的时候，黄玲走了过来，眼圈红红的：“给你看一样东西。”

黄玲拉着王郁涵走到床边，打开床头柜上的三个抽屉。打开的瞬间，王郁涵下意识地用手捂住了嘴——

三个抽屉里，满满地堆着药：胆舒胶囊、六味五灵片……

眼前突然浮现出一幅画面：凌晨两三点，也许更晚，张艳等得太久，已经睡下。黄大年到厨房倒了一杯热水，然后悄悄地走进卧室，从床头柜里拿出一板药，坐在饭桌前默默吞下……

永远的“班主任”

“黄老师太累了，他只是睡着了。”每天，离开地质宫五楼，当电梯门关上的一刹那，乔中坤仍会下意识地回望一眼，507办公室的灯是不是亮着，那个头戴鸭舌帽的胖老头会不会从里面走出来……

这个高高个子、斯斯文文的男生，开始慢慢去接受一个残忍的现实：黄老师是真的永远离开了。

四年前的9月，乔中坤揣着专业第二名的保研成绩单，忐忑地敲开了黄大年办公室的门。

终于要面见心中的偶像了。早在读本科时，黄老师给新生上的第一堂专业公开课就让乔中坤折服了。

“你好，中坤，请坐。”没想到，黄老师直接从办公桌边起身走过来，招呼他坐在沙发上，还为他倒了一杯水。

面试的机会实在宝贵，这个从农村考出来的孩子攥着成绩单，不知说什么好。瞧出他的紧张，黄大年主动给他讲起了自己的求学

◎ 黄大年在给学生讲课

史和在国外工作的经历。然后，等到气氛轻松了，他才问起他的家庭情况、学习兴趣、业余爱好、理想规划，等等。

整整一下午，乔中坤感觉黄老师就像家中长辈，已经非常细致周到地为他把未来的发展都考虑到了。最后，黄大年握了握他的手，微笑着说："中坤，欢迎加入我们的团队，你要做好心理准备，跟我做科研的日子会很苦很累，但一定很值得。"

很快，乔中坤就理解了什么是"很苦很累"。也理解了师哥师姐为什么打趣地说黄老师是典型的"一丝不苟的处女座"。

黄老师的笔记本电脑上，给每个学生都建了学习笔记和读书报告文件夹。不出差的时候，他会到实验室，挨个询问每个人近期学了什么、想了什么、遇到什么困难。出差了，他就在机场、车站和开会间隙通过邮件查改作业，或者开视频会议在线答疑。

写一份研究报告，每个文字、每个标点，黄老师都要反复琢磨、逐个推敲。做一个PPT，从配图到解说，他也要精心指点，出差途中想到什么也会立刻发来。

有一次，有学生把一个科学术语的大小写弄错了，黄老师提出要修改，那个学生嘟囔了句"其实业内人士都能明白"，结果黄大年严厉地批评道："大小写区别很大，会导致多重理解，科学容不得半点儿马虎，更不能有丝毫懒惰。"

对团队师生的论文，黄大年也非常上心。他亲自指导、逐字修改，但拒绝署名，"这都无所谓，你们将来出息就行。但要记住，做科研绝不是写写文章就行。要耐得住寂寞，要坐得住冷板凳。"

有老师劝他："带学生差不多就行了，用不着管那么细。"可他却认真地说："我们的国家，太需要人才。现在多用点儿心，他们中就有可能出大师、出诺贝尔奖。"

在很多人看来，做科研可以出成果，带学生那是捎带手，可是黄大年心中，教师是他最看重的身份，因为他始终忘不了，在人生的不同阶段，那一段段胜似亲人的师恩。

初中时，由于父母被下放，黄大年被送到一所乡村"五七"中学寄读，半年才能见一次父母。学校里有很多优秀教师，多数是身体情况不佳的知识分子，他们清瘦、认真，尽心尽力地传授知识，温和儒雅地对待学生，像极了他的父母。

黄大年曾回忆说："在这段经历中，我无意中接触到了中国式教父的形象。他们在求索知识的道路上坚毅、刻苦、顽强和清贫的品格深深地影响着我们。"

1978年2月下旬，经过四天三夜的长途跋涉，黄大年抵达长春火车站后，大老远就看见了举牌接站的老师。一位个头不高的老师一边关切地问他脚有没有因长途坐车而浮肿，一边帮他扛起行李一路送到学生宿舍。

这个从炎热的南方来到东北的青年，被老师们的热情包裹着。看到他没有棉裤，老师就连夜缝制；看到他基础薄弱，老师又帮他补课。在师生情谊的温暖中，他作为一个下放知识分子的后代感受着被尊重的快乐，也向往着"为人师者"的崇高。

后来，人在异乡，他的英国导师也曾专程开车来实验室接他，邀请他一起回家过圣诞节。那些暖融融的点滴经历，不仅让黄大年感念了大半生，也让他深深意识到，一个优秀的科学家，应该是专业领域的领跑者，更要做学生成才的陪伴者。

2010年8月的一天，黄忠民来找他，语气有些迟疑，试探着问道："大年，咱们学院想设置'李四光'本科实验班，想邀请一些大专家担任班主任……"

"没问题，我愿意。"黄忠民心头一热，他没想到"已经把一分钟掰成几瓣用"的黄老师没有丝毫推诿，立马就应了下来。

新学期开学，"李四光班"的教室里先后爆出两次欢呼声。第一次，是黄大年神采奕奕、满面笑容地走上讲台，同学们被他"不凡的气度"彻底征服。第二次，是黄大年宣布为全班二十四名同学每人发放一台笔记本电脑。黄大年说："要想探索前沿的科学，首先要掌握先进的手段。"

为了让学生们开阔眼界，他帮助他们订阅期刊，送他们出国参加一些国际会议，回来后有一些支出不可以报销，他当场就把票据撕掉了，然后自己掏钱补给学生。

黄大年的办公桌旁有两张椅子，两台电脑。倒不是因为"阔绰"，而是专门为学生准备的。学生来了，就坐在黄大年身旁，一人一台电脑，讨论清晰高效。有时，他碰见学生们有公式和计算方面的难题，就随手拉张椅子，在白纸上手把手教起来。

每次，当他为学生讲完一道题、推导完一条公式，他常会对他们说："你们的竞争对手在外面，要以国外剑桥、牛津等一流高校的学生为榜样，追赶强者并超越他们。”

学生们常常觉得，黄老师是天底下最忙的老师。可无论他们走到哪里，都觉得他好像就在身边。

傍晚时分，如果走廊里传来又急又重的脚步声，学生们就知道，是黄老师来了。他会一间一间屋子走过去，挨个询问大家吃没吃晚饭、有没有问题。

“绝不能亏待了这帮孩子，绝不能耽误了这拨人才。”这句话，黄大年常挂在嘴边。

地质宫顶楼冬冷夏热，黄大年给每个实验室配备了电暖气、电风扇，到了暑期就让妻子张艳给学生们煮绿豆汤，用大锅盛着送过来，入了冬又让张艳包饺子给孩子们吃；雾霾天，他给学生们买口罩，还教给大家正确的佩戴方法；怕孩子们想家，他几乎每个节日都让学生去家里吃饭，油烟过敏的他还亲自下厨做油焖大虾；出国时，他会带着两个空箱子专门给学生买礼物；接学术电话时会开着免提让学生们一起听；学生毕业回来看他，他也要请吃饭，问学业长进；谁没有对象，他也要操心，恨不得帮别人规划一辈子……

2014年的国庆节，黄大年又带同学们去净月潭徒步。风拂杨柳，碧波云影，醉人心神。黄大年背着相机，健步走在前面，一会儿给大家照相，一会儿又和男生赛跑。

他发现张代磊、张冲和周帅三个人默不作声地跟在大家后面，就悄悄来到他们身边，轻声对他们说：“是在为读博士的学费发愁吗？如果手头不够，先别向父母开口，我这边给你们垫上。”

第二天，王郁涵单独交给三个学生每人一万块钱，说是从学科经费里节省出来的。第二年的学费也是这么解决的。后来，同学们申请了国家助学金，补齐了这些费用。直到黄大年去世，他们才知道，当年学费都是黄老师用自己的工资给他们垫付的。

黄大年发自内心地爱学生，一有时间就想和他们在一起。

2016年4月，为了给学生做报告，他从长春辗转北京、南宁出差，插空赶回长春做了报告，当天又赶回京。回长春待了几天，复去天津，第二天又回来给学生做报告，马上又赶赴河南……黄老师就像一部永不停歇的马达。

学生们也爱他。可是黄老师越来越忙，大家多想和他多待一会儿，一起吃吃饭说说话啊！

2016年9月8日，学生们知道黄老师又要出差，就买了蛋糕、水果，跑到黄老师家，想同老师和师母一起庆祝教师节。可是，没想到，黄老师当天就临时有事又要出差，大家才坐了半小时，就依依不舍地把他送出家门。

学生们联名写了一张贺卡，被黄老师摆放在书柜中最显眼的地方。大家是这样写的：

亲爱的黄老师，在别人眼中，您是位儒雅而又有风度的大学教授、健谈而不失风趣的闻名学者、博学多识精益求精的科学大家。而在我们眼中，您更是传道授业、解疑释惑的严师慈父，幽默风趣、推心置腹的忘年之交，多才多艺、帅气爽朗的吉大“欧巴”。老师您辛苦了！

谁也没想到，那是黄老师度过的最后一个教师节。

12月5日，黄大年住院前最后一次出差回来，照旧先回了办公室。

和往常一样，同学们都到他办公室门前排队问问题。排到王泰涵时，已是晚上9点多了，他探头一看，黄老师靠在椅子上，神态疲惫，就说："老师您回家休息吧，我明天再问。"可黄大年拍了拍旁边的椅子："没事，来吧。"

一个多小时后，四个问题解答了两个，黄大年说："剩下那两个我再思考一下。你吃饭了吗？我请你吃饭吧。"王泰涵才意识到，从机场赶回来的黄老师还没有吃晚饭。

黄老师入院的第二天，点名让王泰涵过去。一进病房，打了一天点滴的他从床上坐起来，招呼王泰涵挨着床边坐下。

"我这两天一直思考你提出的后两个问题，现在就在这儿给你讲讲。"边写边讲的黄老师手腕里还埋着针管，胳膊也有些颤抖，不停地喘着粗气。

王泰涵眼眶发热，赶紧低下头做笔记。黄老师陆陆续续讲了四十分钟，他一字不落地都记在了本上。过了一会儿，黄老师不说话了，王泰涵再抬头，才发现老师睡着了。

泪水再也无法抑制地夺眶而出，"敬爱的黄老师啊，您已经累成这样了，惦记的还是我们的学业……"

七年间，在黄大年指导的研究生中，共有十四人获得省部级奖励，八人获得国家奖学金，三人获得"李四光奖"。在给学生设计研究方向时，他总是考虑每个人的兴趣爱好和发展前途，并与国家需求紧密结合起来。每个学生都像一块璞玉，被黄大年发掘着、打磨着。

他发现侯振隆喜欢推导公式，就给他买些专业书籍；他鼓励周文月学好英语，建议她多看英文电影；他要了张代磊在线申请的账号和密码，对赴外交流提交的各种材料反复确认，录取结果公布了，他第一时间告诉张代磊，又叮嘱研究细节……

六月的吉林大学校园，有一年中最美的风景，这是黄大年最开心的时候，每年学生们毕业答辩后，他都要背上相机，拉着他们到处拍照。

今天，乔中坤穿着笔挺的西装，又一次来到507办公室，坐在沙发上与黄大年的遗像合了一张影。对着照片上微笑着的黄老师，他捧着毕业论文，哽咽着念了摘要，又念了致谢词：

……

茶思屋通告栏里贴满了与您的合影，每天路过时我都会驻足停留，回忆您的点点滴滴；

课桌上摆放着您帅气的照片，仿佛您就在我的身旁，督促着我勇往直前；

无数个夜里梦到您，梦中的您还是那样温暖慈祥，梦醒后泪水湿透被角……

现在，黄老师不在了。他只记录了他们的青涩，却没能见证他们的成熟……

学生们去实验室学习的时间比以前更早了，晚上回宿舍的时间也更晚了，就连周末休息也是全员到齐。很多学生记得黄老师说“做什么就要有什么的样子”，按照他教的样子擦桌子、整理资料。

王郁涵每星期都会修剪黄老师办公室中的绿植。她记得黄老师偶尔看到哪片叶子枯了，都会不开心，他说花长得不好，不是花的问题，是养花的人没用心；事情做得不够好，同样是因为做事的人没有做到全心投入……

原本以为黄老师走了，大家就散了，可是没想到，大家都决心要完成黄老师未竟的事业。

“等你们学成，再汇聚起来，就是未来中国科技的生力军。”黄大年曾结合每个人的专业特长、兴趣方向、性格特点，将学生置于未来研究的某一个点，最终汇成祖国下一代多学科交叉研究的科研人才网络。

现在，学生们就像一粒粒蒲公英的种子，撒播在世界各地。

有的学生根据黄老师的规划，赴外攻读国家需要的专业方向；有的学生进入全国各大科研机构，继续相关项目的研究开拓；有的学生接过黄老师的教鞭，放弃优厚的工作机会留在吉林大学任教……

聚是一团火，散似满天星。

黄老师说过的话，他们都记住了：

“不要有太多杂念，要把所有的时间都用在学习上。”

“做科研绝不是写写文章就行。要耐得住寂寞，坐得住冷板凳。”

“一定要出去，出去了一定要回来；一定要出息，出息了一定要报国。”

马国庆说话像“机关枪”，黄大年多次给他辅导，告诉他这该怎么讲、那该怎么说。还给他分析、鼓励说：“你讲话快其实是因为你不自信，所以就想着快速结束这个事情。你做得很好，干吗没有自信呢？不要害怕，要表现得很自信！”

有一次，有个学生对他说：“马老师你一上台，就像打了鸡血，特别精神，讲得也透彻。”马国庆听后呼吸一滞，缓了缓神，自言自语：“你们没见过我的老师，他讲课那才叫好，他的板书也漂亮。”

那天晚上，马国庆又一次梦到黄老师：他从书柜里抽出一沓新整理过的讲义，递给他，笑着说：“我把这个知识讲给你，不是只讲给你的，是让你讲给更多人的。”

为什么爸爸会这么忙?

507办公室一张直通天花板的日历表占满了一面墙，上面字迹潦草，看得出记录者的匆忙。

从2016年4月29日开始，日历表上标注了红线，一直延伸到5月14日，中间清晰地写了两个字：英国。

那是黄大年回国七年后，破例给自己放的假。5月8日，是女儿黄潇的婚礼庆典。

4月26日，黄大年先赶到浙江大学开了一个评审会，28日又赶回吉林大学参加“千人专家”王献昌的评议会，终于在29日和张艳一起踏上旅程赶往英国。

这几年，黄潇一个人在英国完成了学业、找到了工作。现在，女儿要出嫁了！黄大年激动得有些不知所措。

动身前，他把唯一的一套正装西服找出来，前后熨烫一番，又挑出几件挺括的衬衫，小心翼翼地收在旅行箱中。他发现脚下的棕色皮鞋褪色了，又翻出一双很少穿到的黑色皮鞋，细细擦拭，穿在脚上。

黄大年很满意自己未来的女婿。按照中国家长的传统标准，这个高大帅气、金发碧眼的小伙子“学历很高、彬彬有礼、做人做事都挺踏实”。

为了凑爸爸的时间，黄潇和未婚夫把原定的婚期一改再改。每个周末，她都和爸爸热线联络，向他汇报筹备的进展。

5月8日，这天阳光明媚，在庄严的教堂，黄大年一袭笔挺的西装，尽显儒雅风范。黄潇为爸爸和丈夫分别准备了湖蓝色的领带和领结，他们一家四口站在教堂前的草坪上，成了一道美丽的风景。

黄大年从怀里掏出一块古董手表，小心翼翼地戴在女儿的手腕上。那是他的母亲在他结婚时送给张艳的礼物，他们一直存着，就等着有朝一日传给潇潇。

婚礼进行曲响起，女儿挽着父亲的手臂，穿过众人祝福的目光，父亲把女儿的手放进女婿的掌心，将她的未来郑重托付。

接着，父女俩走下舞池，跳起了华尔兹。那是黄潇长这么大，爸爸第一次陪她跳舞。

看着潇潇幸福的笑容，黄大年不由想起过去的时光：潇潇出生那年国内发大水，他给她的名字加了三点水，希望她此生过得潇洒大方。长大后，他带着她在剑桥的校园徜徉，在郊区的花园骑马；她觉得学中文很难，他答应课后陪她打羽毛球，哄着她去上中文班；她跟在他屁股后面修剪花园，又跑到张艳那边去收拾菜地；他最拿手的菜是肉末和鸡蛋炒在一起，也是女儿最喜欢的……

◎ 黄大年与女儿

望着爸爸增多的白发，黄潇也在回忆小时候的事情：那时，他们一家就住在地质宫的马路对面。一天晚上，妈妈和姥姥都不在家，黄潇就拉着楼里一个小伙伴一起去找爸爸。结果扑了空，再折回家，爸爸正在焦急地四处找她。那一次，一向和气的爸爸发脾气了，第一次用尺子打了她的手板。

高中时黄潇选修美术，第一堂素描课上完，爸爸就来指导了，那时候她才知道，原来爸爸遗传了爷爷的艺术天赋，他不仅是个体育健将，连绘画也是信手拈来。

考大学，黄潇瞄准了利兹大学，不仅因为父亲曾在那里深造，也因为有结构工程与建筑的双专业设置。黄大年对女儿的志向永远无条件支持，无论出差到哪里，他都会给女儿背回建筑书，如果在哪里看到精妙的设计，他也会拍下来给她发去……

后来，爸爸妈妈回到了中国，妈妈常说爸爸很忙，黄潇就担心他的身体。伦敦的下午，正是长春的凌晨，黄潇常会给爸爸打电话：

“休息了吗？”

“还没有。”

“爸，你该睡觉了。”

“我还在地质宫。”

“那你开车回家路上小心。”

有好几次，妈妈告诉黄潇：“晚上我会睡一小觉，等你爸回来再起来给他煮面条。”黄潇听了，恨不能立刻辞职飞回长春，把爸爸从办公室拽回家，每天监督他吃饭睡觉。

可她也知道，爸爸的性格很犟，想做的事情一定会坚持。有几次，她飞回长春来看他们，一家人守在一起，爸爸会兴奋地讲他在国内进行的项目，讲中国又取得了哪些进展。

可妈妈也跟她讲过爸爸坚持背后的艰辛。妈妈说，有时候大年半夜不回家，她放心不下，到办公室看看，发现他就搭着件夹克，在椅子上睡着了，她只能默默地帮他盖上被子，静静地待一会儿，然后自己悄悄地回家……

妈妈说，她常在爸爸傍晚忙得废寝忘食的时候，拿着切成小块的水果来办公室看望几日不得见的他。妈妈跟他说："你吃点儿水果吧。"可爸爸总是说："放那儿吧，正忙呢，你先回去。"妈妈有时候会坚持看着他吃完，但经常还是无奈地走了。

妈妈说，她自己有时候实在熬不过，就叮嘱大年身边的焦健和其他同事多照顾照顾他。她跟他们说："你们黄老师他平时作息没有规律，你们在他身边多提醒着点儿。"

她听着妈妈道出的担心与忧虑，想起了父亲在她小时候跟她说过的话："要记住，作为一个中华民族的儿女，你没有任何理由不努力；也没有任何理由不使自己优秀。"

爸爸回国之后，一家人聚少离多。可黄潇怎么也没有想到，一家人在她婚礼上的那次团聚，竟然是他们最后一次团聚。

1 月 4 日，手术后第二十一天。黄大年内脏出现大出血，转氨酶升高、肝功能开始迅速衰竭、心电图出现停跳……

命运往往真是弄人——万里之遥，黄潇也正在临盆的阵痛中挣扎。

剧痛之后，随着哇哇啼哭，黄大年的外孙降临到这个世上。黄潇含着幸福的眼泪，虚弱地对丈夫说：

“拍一张孩子的照片，赶紧发给我爸爸妈妈他们。”

此时，黄大年的手机正静静地躺在病房的柜子里。

黄玲听到柜子里的响声，看到微信不顾一切地冲进了抢救室，把手机举到他的面前。

“哥，哥，你快醒醒，潇潇生了，是个男孩儿……”黄大年的眼球开始凸出，他刚刚失去了意识……

“哥……哥……你快睁眼看看啊，这是春伦，你的外孙啊！”

照片上，那个黑头发、圆脸蛋、圆鼻头的孩子，分明带着黄大年的几分神韵。

春伦，是黄大年住院期间为外孙想出的中文名字：长春的春，伦敦的伦。这是他最难忘、最喜欢的两个城市……

他曾说：“地质宫刻有我的梦想，而剑河却永远留下我的眷恋。”这里，有他的青春、他的母校；那里，有他的奋斗、他的骄傲！

春伦，浓缩了他的一生，又印刻着他的心迹。

他是多想亲口唤一声这个名字啊……

此时，微信群里传来一条消息：大家都快来医院！

学生们正在食堂吃饭，扔下筷子，飞一样跑到医院，心急如焚地守在重症监护室门口。

突然，ICU那道重重的门开了，医生说黄大年马上需要去手术室，他的病一秒钟也耽搁不得！

黄老师出来了，他被医生和护士推着，戴着呼吸机，眼睛半闭着，喘得非常厉害……学生们自觉地退后一步，手攥着手，静静为他拉起一道通向手术室的人墙。

他们多想扑上去，抱住心爱的黄老师啊！他们只能撕心裂肺地在心底呼喊：您一定要醒过来啊！您不能丢下我们啊！

1月8日13时38分，人们等来了那个令人万分悲痛的消息。

没有眼泪，没有声响，张艳就像失了心，听着医生最后的通报。黄玲大声哭着，过去扶住她，那瘦弱的胳膊瞬间冰透了她的手。

突然，张艳使劲儿挣脱开来，冲进了抢救室。那里，只剩他一个人了，她不能留他一个人在那冰冷的所在。

正午的阳光透过窗棂，映在黄大年的脸上。所有的抢救设施已经撤去，他躺在那里，面色平静。

“大年，你不能走，别丢下我！”张艳俯下身去，紧紧抱住他，把脸贴在他胸前，一遍一遍地哭喊着……

为了让他安心，她跟着他回来。为了让她开心，他在长春最美的南湖畔安了新家。

他为她做饭，她为他洗衣。他为她照相，她为他弹琴。夫妻那么多年，他还会当众牵她的手，为她唱生日的祝福歌……

这个拦也拦不住、拗也拗不过的男人啊，为什么就这样说走就走，不告而别。

从此，她再无苦等后的牵挂：“晚上不知道他会几点回来，做了饭他常常回不来……”

而他，也再无奔波中的歉疚：“可怜她一再孤独守家，秋去冬来，在挂念中空守，在空守中老去……我六年前安慰她，再有一年就忙完，再有一年就是剑桥的生活节奏……”

“现在，黄老师再也不用赶路了”——有学生悲痛难忍，在朋友圈中写下此刻的心情。

“不要发，潇潇还不知道。”等到黄玲想起的时候，黄潇却已经看到了。仿佛从天堂坠落地狱，她疯狂地拨打父亲的电话，想要知道这不是真的。

“为什么，爸爸，为什么你不告诉我真相？为什么要让所有人都瞒着我？为什么我会相信你一直在出差……”

那个世上最疼爱她的人走了。

从此，白昼与黑夜，不再有分别。悔恨与思念，啃噬着时间。

“工作是工作，爸爸是爸爸。我和妈妈所失去的，是更加刻骨铭心的存在……我最后一次见到爸爸是在我的婚礼上。我不敢相信这是真的。那是我们第一次跳舞，也是最后一次。太痛苦了！我好恨！”

可是她却不能哭泣，因为小小的春伦还在她怀里，还需要她的哺育。

时隔数月，黄潇带着春伦，回到长春。她要回到爸爸妈妈的家，在那里寻找一些他的影子。

她遇到的每个人都告诉她，“你爸爸干了很多大事”“他是那么好的一个人”。

很多人问过黄大年：“你何必做到这个份上？”

他给出了几乎相同的答案：“你不知道啊，我出国就是从长春这个地方出去的，在外面漂了很多年，也确实得到了各种各样的培训和机会。现在想回来，就是为了报效祖国。我什么职务也不要，什么待遇也不求，就是帮助祖国做一些事情。”

2015年1月，面对多所院校的极力争取，黄大年依然选择与吉林大学续签。

当时，大年只提了一个要求：再延长两年，在吉大一直工作到退休。刘财记得，续聘仪式上，大年慷慨激昂地说：“我是带着梦想回来的，梦想和现实应该在同一个地方找到完美的结合。学校为我的成长和回归投入了这么多，团队成员也付出了这么多，我怎么舍得离开这片精神传承的归宿之地。这是我的母校，也就是我的归宿。”

现在，他找到了他的归宿。他在祖国度过了生命中最珍贵的七年，他为母校奉献了自己的全部。这是怎样炽烈燃烧而又痛快淋漓的人生啊！

“我的归宿在中国，回国对我来说，就是落叶归根。”

春的觉醒、夏的奔放、秋的收获、冬的蓄积，他就像一棵大树，伸展出一片绿荫，献出累累果实，将枝头的最后一抹亮色，都献给了脚下的大地。

不知疲倦的黄大年永远地离开了，把生命中最璀璨绚丽的部分献给了国家……正如匈牙利爱国诗人裴多菲在诗里写的那样：我是你的，我的祖国！都是你的，我的这心、这灵魂！

“大年不是一个一般的学者，他是有理想、有追求的人，才不满足于已有的成就。我理解他在英国那样优越的环境里，他觉得自己已经摸到天花板了，他回国，既是突破自己，也是报效祖国。”高平说，“千人计划成就了他，让他能够义无反顾、全身心地实践他的理想抱负、一展他的爱国追求。他是浓缩了他的人生，用这几年的时间凝聚成内心一直深藏的对祖国的爱。这么理解他的逝去更有价值，这也是他愿意投身、愿意献身的。”

长春的夜晚，黄潇走出家门，漫步在南湖边。清风袭来，她仰望头顶的星辰，重新体味着爸爸的心境：“我以前会不理解，为什么爸爸会这么忙，甚至忘了他自己？但我慢慢能感觉到，他所做的这些是为了国家，他想着中国会强大，愿意牺牲自己的一些东西。”

泪痕深处，我心归处

1月13日，大雪，长春迎来了零下二十三摄氏度的严寒。

泪水划过面颊，打在手上都绽成了冰花。

长春市殡仪馆西辰厅内，此时聚起了八百多人。满满一室的黄菊花散着淡香，映着洁白的天花板，驱散了窗外的寒冷。

黄大年静卧在鲜花丛中，面容是那般的安详。已经瘦成一把骨头的张艳守在一旁，没有眼泪，也没有言语，她只是默默地看他，仿佛这个世界就只剩他们两个。

黄大年穿的是一套黑色西服，里面是白色衬衫，脚上一双黑色正装皮鞋。因为身体浮肿，衣服和鞋都是临时购买的，尺码比平时大了两号。

大家想找一套最庄重的衣服，翻找半天，才发现他常穿的就是那件磨毛了袖口的黄呢子西装、两件褪了色的夹克衫、几件毛衣和洗得泛白的牛仔裤。柜子里还有很多衣服没有拆封，因为他根本无暇顾及。

焦健凑过去，看了一眼黄老师的白衬衫。他想确认一下，那么爱干净的黄老师穿的是不是洁白洁白的。

几天前，焦健和其他几个人帮着家属给黄老师换了衣服。怎么从医院出来，怎么去的殡仪馆，怎么又给黄老师换了新衬衫，怎么把他送去那冰冷的所在……这些在焦健的大脑记忆中好像被自动删去了。

唯一刻在他脑海中的，是黄老师最后一次讲话。

2017年1月1日，新年元旦，手术后第十八天。

病房里，黄大年手臂上插满了管子。在焦健的帮助下，黄大年认真收听着习近平主席的新年贺词。前一天晚上，他已经托护士把这段视频录下来，拷贝进电脑里，一连看了好几遍。

2016年，“中国天眼”落成启用，“悟空”号已在轨运行一年，“墨子号”飞向太空，神舟十一号和天宫二号遨游星汉……

讲话中，习近平主席提到科技攻关，黄大年显得有些激动，他猛地深吸一口气，用沙哑的声音对焦健说：“国家对科技创新这么重视……有了国家的决心……我们的技术马上就要到了派上用场的时候……你们都要准备好，加油干啦……”

说完，一阵剧烈的咳嗽。

焦健忍着泪，直到出了病房的门他才哭出来。他看见了黄老师眼角含着泪光，他知道这个人没有一时一刻不想着赶超前沿、不想着超越极限！

黄大年没有留下什么话。他唯一的“交代”，是在进手术室

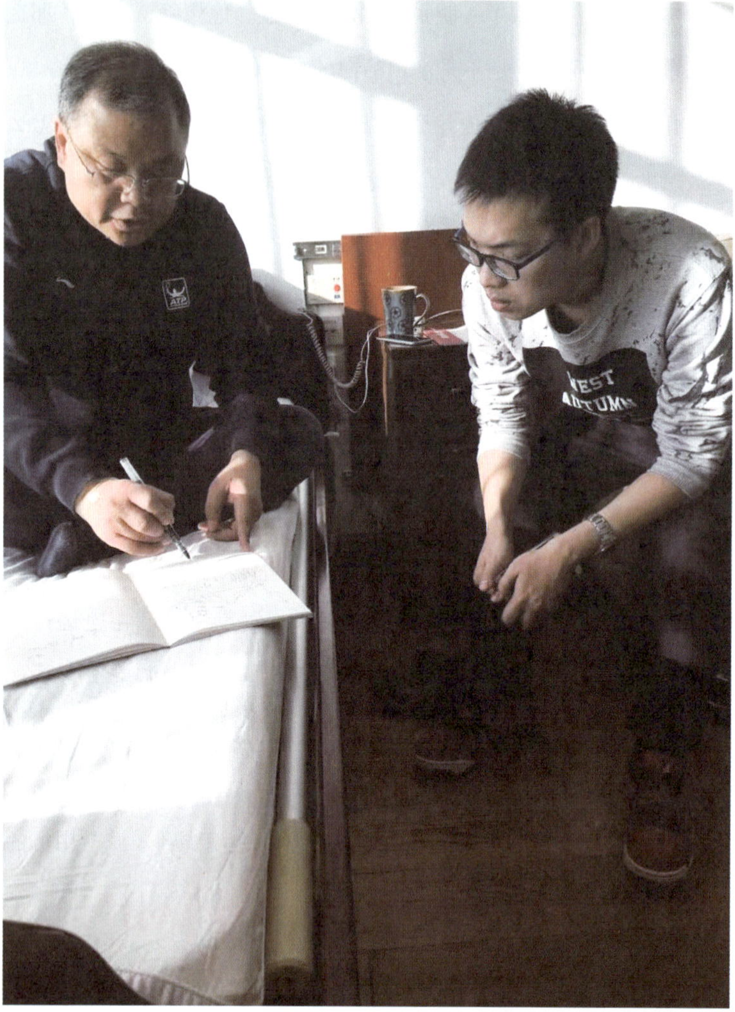

◎ 黄大年在病房里给学生解答难题

前。他和弟弟静静坐着，沉默片刻后，他先开口道："大文，我的保险柜里有一些资料，研究所里有两台电脑，我和于平老师也说过了，如果我醒不来，他们要继续做下去。其他的也没什么了。"

走到生命尽头，他惦记的仍是他与同事们共同的事业。他最珍视的，还是他与科学这份特殊的"情"。

2016年2月14日，看到情人节的浓郁氛围，黄大年曾在微信朋友圈写下一段耐人寻味的话：

> 我是否有情，我情系何处，用不着看别人学别人，与生俱来。真正从事科学的人，往往看重与事业发展有关的情谊群体，面对"知音"常有相见恨晚的遗憾，发展的是与众不同的情……其实，值得永久珍藏和回忆的东西，才叫作"情"。

超然于世、至情至真，这就是黄大年！

当他俯视大地、仰望深空、憧憬大海，他已找到了独属于他的、朴素而又隽永的心灵归处！

按照长春当地风俗，出殡时逝者要口含铜钱、盖上黄缎。可焦健觉得，黄老师不是普通的人，他不信这些东西。

"黄老师应该盖着党旗或者国旗走。"黄玲听了焦健的提议，有些茫然地抬起头。她比哥哥小了十八岁，这些年哥哥经历了什么、做了哪些事情、心里究竟在想什么，她和大文似乎都搞不清楚。

2016年7月19日至22日，黄大年受邀参加了中央党校举办的

“高层次科技领军人才专题研修班”[①]。动身前，他在办公室忙活了一整天，反复整理修改自己的科研资料。

回到长春，一进办公室，黄大年就兴高采烈地告诉师生们：“我代表讨论小组发言了，效果特别好。党和国家都重视这些研究，咱们还有很多事要做啊！”

说着，他就打开自己的背包，小心翼翼地拿出了一个塑料袋，打开包裹着的毛巾，里面是一个白瓷茶杯。茶杯下面还配有一个托盘，黄大年特意用餐巾纸包起来，生怕刮坏了上面的金色镶边。他打开书柜的玻璃门，把这套茶杯摆在了专门存放各类奖牌证书的格子里。

王郁涵见了，有些纳闷地问：“黄老师你带个这回来干吗？”黄大年乐呵呵地指着上面印的“中共中央党校”字样给她看，“喏，这是中央党校发的，我得留个纪念。”

那段时间，他还找来一本难得的“课外书”——长篇报告文学《长征》。工作之余就拿来认真阅读，那些在血与火中淬炼的英雄故事，常常让他心潮澎湃。

现在，那本鲜红色封面的《长征》静静地躺在书柜中，等待着他的主人。第564页，他还细心地做了最后的折角。

这一生，一路长征，黄大年始终向往报国英雄的壮志豪情。中

① 高层次科技领军人才专题研修班：由中国科协联合中央党校举办，来自高校、科研院所和企业的高层次科技人才，以及全国学会理事长、千人计划专家等二百名领军人才参加了研修班。进修班学员结合实际进行了热烈讨论，交流了创新研发工作情况，对国家创新发展提出了许多好的建议。

学时代，他曾与一帮部队子弟生活玩耍，时常把自己当作以一当十的英雄，高喊着“只解沙场为国死、何须马革裹尸还”的诗句。

这一生，一路长征，黄大年始终都想做一名坚守到底的战士。即使暂时和部队失去联系，他也终究要回到组织的怀抱。

1月13日这天，大雪漫天，仿佛要用那洁白覆盖这世间的一切。

焦健和黄玲捧着黄大年的遗像从他家居住的小区出发，他们要带他穿过工农广场，走过南湖大路，最后看一看他的第二故乡。

在小区对面的十字路口，焦健举起了一个泥做的火盆，用力摔在地上，冲天大声喊道：“黄老师，一路走好！”

铅灰色的火盆碎成很多片，散进了雪地，没有了声响。

长春的老辈人相信，子女为故亲摔碎了火盆，他们的灵魂就将砸破桎梏，安然离去，寻找新的彼岸之所。

焦健仰头望向天空，他想知道，那一缕忠魂是不是直上九霄，去往他魂牵梦萦的故里？

那里，有他一生中最安稳快乐的童年时光。在南宁地矿局地质大院的树荫下，他一边画着和日本鬼子打仗的漫画，一边给同学们绘声绘色地讲着故事。

那里，有他少年时代自立图强的艰辛跋涉。在辗转寄读的几所学校里，如果老师说“只有一个同学考试得了满分”的时候，同学们就知道“不用问，又是黄大年”。

那里，有他父母的坟冢，有无法弥补、难以言说的遗憾。

2016年清明时节，黄大年专程抽出时间回到老家，和弟弟妹妹到父母坟前。

“大文、黄玲，我想跟爸妈说说话。”弟弟妹妹悄悄退后，黄大年就坐在坟前，絮絮诉说：

“爸！妈！你们说的，大年都记着呢。你们说让我回来报国，我现在给国家做事情，一分一秒都没耽误，你们说回来以后离家近一点儿，我也在想办法和广西这边的学校、机构对接，为家乡建设出点儿力，退休以后，我就在这儿住，陪着你们……”

黄大年还约上几个发小，去了广西第六地质队[①]的旧址。曾经的小学校、饭堂和球场已经不再，一家人住的房子刚刚被拆，砖块瓦砾还在原地突兀地堆着。他静静站了许久，最终用手机拍下了那残旧的回忆。

这一生，从南宁到长春，他走得太远。从长春到剑桥，他走得太难。从剑桥再到长春，他又走得坚定。

他曾在朋友圈写道：“大跨度的经历难免遭遇各种困难，拼搏中聊以自慰的追求其实也简单：青春无悔、中年无怨、到老无憾。”

青春无悔、中年无怨、到老无憾。这就是黄大年追求的人生境界，也是他一生的真实写照——

① 广西第六地质队：隶属广西地质矿产勘查开发局，是集区域地质调查、矿产地质勘查与开发、水文地质勘查、工程地质勘查、地球物理勘查、地球化学勘查、岩矿土样测试、汽车机械修理等于一体的综合性地质勘查单位。前身为411地质队，1954年7月建队，队部位于贵港市城西七里桥。

勤奋求学，他在人生的黄金时代勤奋耕耘、流光无悔；归国创业，他把每一分光阴都用到了极致，把所有的智慧都奉献给了国家；年近六旬，他跑回家乡联系合作，希望家乡父老跟上科技发展的大潮，他还四处看房，为晚年寻一处聊慰乡愁的心安之所……

这一生，黄大年奔波了一辈子，奋斗了一辈子，追赶了一辈子。

现在，总是难得一聚的人们都赶来了。祖国各地的老同学、并肩奋战的攻关团队代表、相关部门的负责同志、国家“千人计划”专家……就连一面之缘曾向他讨教过的青年学者也来了。

学生们挑了一张彩色照片做他的遗像，因为“黄老师是那么阳光的一个人，他不需要以黑白作别”。

照片旁边摆放几根烤苞米，几位大学室友忍不住哽咽道：“大年，你是广西人啊，上学的时候没有米粉，你天天去食堂等白米饭，怎么这些年你吃的就是这个啊！”

高平在痛惜中也在试着去理解大年的离去。

“大年回国是带着很多期盼的。他希望在很好的科研环境中可以把创新的点子与国家的发展结合起来。在这个过程中他觉得他可以把个人的能力、作为与祖国命运、科技创新的伟大事业紧密结合，而且他可以在较高层次上释放已有的经验，从比较权威的层面公开表达理念观点，影响一些决策和学生弟子的人生规划，是一种获得。”

司机刘国秋也没有去送别。他依旧开着他的车，行驶在往返机场的路上。他给黄老师备用的毯子和枕头，还在车后座放着。

雪花黏在窗前，朦胧了视野，他突然想把车速开到最快，就像很久以前拉着黄老师赶路一样。

他很想再拉他一次，就像过去一样，偶尔拉几句家常，对着哨一会儿苞米。他很想问问那个小老头儿，不出差了怎么也不吱一声……

1月8日晚上，刘国秋突然想起有一个月没见黄老师，他怎么突然闲下来了？然后就用手机上网搜索，一条黄大年的新闻的最后一行赫然写着：享年58岁。

这是他第一次在网上搜索“黄大年”，也是他第一次发现，原来自己认识“这么一个大人物”。

“不可能，绝对的不可能！”他马上给王郁涵打电话：“黄老师咋的啦？”

王郁涵还在哭：“刘师傅，黄老师没了。就是今天下午的事。”

“怎么会这么巧？！”刘国秋喃喃道。

“刘师傅，这是黄老师在用他的方式跟您说再见呢……”

雪不再落下，回忆变得滚烫。大地若有情，也承受不了这离殇。

送走了所有来宾，学生们集体跪倒在黄老师身边。地质宫那盏长明的灯火熄灭了，他们迎来了“生命中最冷的一天”。

赵思敏想起，某个夏日的傍晚，黄老师把大家从实验室拉到操场，带头脱下鞋健步如飞，带大家“做一次免费足疗”。

高秀鹤想起，有一次路过游乐场，黄老师看到大家想玩又不好意思开口，就陪着大家玩遍了所有项目。

于平想起，黄老师住院前，执意要从家去一趟办公室整理材料。临近黄昏，车里放着口哨版的英国民歌《斯卡布罗集市》，黄老师望着车窗外偷偷抹去了眼泪。

周文月想起，手术室的大门即将关上那一刻，黄老师突然和医生说想“再看看我的学生们”。他又回到门外，跟他们一一握别。

周帅想起，平安夜，大家为黄老师布置了病房，摆了很多平安果，黄老师有些出神，后来又在微信群里给大家发了红包……

不知是谁先哭喊出声来：

“黄老师！让我再给您磕个头吧！”

“黄老师！以后您再不用赶路了！”

“黄老师！您说过，还有一身本领要教给我们。”

是啊！有多少相约还没有实现，有多少感谢还没有表白，有多少精彩还没有到来……

身患重感冒的姚立华强撑着身体，送了黄老师最后一程，从殡仪馆回到家中，便高烧不退。那几天，大年老师的音容笑貌总是萦绕在脑海，她想起艾青的那首诗：

假如我是一只鸟，

我也应该用嘶哑的喉咙歌唱：

这被暴风雨所打击着的土地，

这永远汹涌着我们的悲愤的河流，

这无止息地吹刮着的激怒的风，

和那来自林间的无比温柔的黎明……

——然后我死了，

连羽毛也腐烂在土地里面。

为什么我的眼里常含泪水？

因为我对这土地爱得深沉……

“妈，我一定要做一件事情。”姚立华躺在床上、面色苍白。

“你说吧。”姚立华的妈妈多次听她提起过黄老师。

“我写了一篇纪念黄老师的文章，但我觉得仅有这种方式还不够，我要为他再唱一次《我爱你，中国》，我想他听到会非常欣慰的。”

踩着齐踝的大雪，姚立华和妈妈相互搀扶着走进录音棚。录音师一看她的状态也劝她：“姚老师，您身体可以吗？”

“我想唱出来，让黄老师带上走……这是我唯一能为他做的。”

录好后，姚立华第一时间发给了任波。手机响了，任波一看，双手颤抖，默默点开：

我爱你森林无边，

我爱你群山巍峨，

我爱你淙淙的小河，

荡着清波从我的梦中流过。

我爱你中国，

我爱你中国，

我要把美好的青春献给你，

我的母亲，我的祖国……

疲倦而沙哑的声音流了出来。电话两端的人，流着泪一遍遍反复听着……

这一生，兜兜转转，走过荆棘密布，也有繁花似锦。有人说他傻，有人笑他痴，他却报之一笑，毫不介怀：“国家的强大是我的梦想，回来能放弃那么多，就是为了这个，干得那么累，为了啥？还是为了这。”

最后清醒的日子，他还倚在床上，打着点滴，为学生答疑；他嘱咐于平，“把咱们自己的经费再压缩一些”，确保其他机构积极参与；他记挂姚永明参评副教授，硬是用颤抖的手，写下一段歪歪扭扭的推荐语……

为什么啊！黄大年，走到生命尽头，他想的依然是工作，是别人？也许，正如先哲所言，一个真正热爱祖国的人，在各个方面都是一个真正的人。

黄大年去世后，人们从他生前少有的采访中，更加读懂了他的心迹。

2016年12月5日，黄大年最后一次从长春出差到北京，破例接受了新华社记者的专访——

我国的入地探测装备大部分靠进口。如果说我们是

"小米加步枪"的部队，人家就是有导弹的部队，是这样一个差别……五年前我们是跟跑，经过我们的努力，到了今年，进入并跑阶段，部分达到领跑。

三个多小时，他的声音已经沙哑，可说起项目来依然滔滔不绝。看着黄大年疲惫的状态，团队成员刘杰几次想要打断他，却只能在旁边心疼地抹泪。

我每天晚上都是两三点睡，没有周末，没有周日。一天休息五个小时，有时只休息三个小时。在中国做科学，像我这样的人挺多的，玩命去干……哪天倒下，就地掩埋。

"哪天倒下，就地掩埋！"这就是他的选择，他的归宿。

当人们理解了他的信仰，才知他的旅途虽有泪可挥、却不觉痛苦，他的终点虽提前到来，却无须悲凉。

马克思曾说，我们的幸福将属于千百万人，我们的事业将默默地，但是永恒发挥作用地存在下去，而面对我们的骨灰，高尚的人们将洒下热泪。

现在，鲜红的党旗覆盖着他，温暖了他生命的最后时刻。

人们重新念起他的入党志愿书，泪水模糊了视线：

人的生命相对历史的长河不过是短暂的一现，随波逐流只能是枉自一生，若能做一朵小小的浪花奔腾，呼啸加入献身者的滚滚洪流中推动历史向前发展，我觉得这才是一生中最值得骄傲和自豪的事情。

黄大年之问

“看到他，你会知道怎样才能一生无悔，什么才能称之为中国脊梁。当你面临同样选择时，你是否会像他那样，义无反顾？”

离黄大年离开已过了几个月，马芳武仍然会不时翻看他的朋友圈，每当翻到这一条，他都禁不住热泪盈眶——

2015年4月7日，黄大年把一篇纪念邓稼先的文章《如果他还活着，今年才90岁》转到了他的朋友圈。邓稼先一直是他的偶像。

那段时间，他主持的几个大项目和课题已进入冲刺阶段。而他却隐约感觉自己“脚步大不如前”。他写下这段感言，似乎是在向偶像致敬，又似乎是在问他自己。

“大年老师做到了，他是在用毕生的精力来接近他的偶像啊！”马芳武把这条朋友圈转发后，人们才发现，穿越历史的星空，黄大年和邓稼先如此相似。

◎ 黄大年参加 2016 年国庆招待会

邓稼先——二十六岁，在拿到美国博士学位的第九天，回到了1950年那个一穷二白的中国；三十四岁，他用三个“不能说”告诉妻子工作的变动，从此，整整消失二十八年，回来的时候，是一个直肠癌晚期的病人；六十一岁，作为中国第一颗原子弹和第一颗氢弹的理论设计总负责人，他一共获得了国家奖金——特别奖二十元，其中原子弹十元，氢弹十元；弥留之际，他仍嘱咐要在尖端武器研发方面努力，“不要让人家把我们落得太远……”

黄大年——五十一岁，在英国迎来人生得意的巅峰时，回到了在很多方面依然“技不如人”的祖国；六年多时间，他“夹在工作与家庭难以割舍的中间，没人强迫，只是自找，总想干完拉倒，结果没完没了，公事家事总难两全”；五十八岁，他最后清醒的日子，还在让助手反复播放海洋探秘纪录片，继续思考深海探测的未来方向……

也有人说，黄大年与“两弹一星”元勋郭永怀有着惊人的相似。

1968年12月，郭永怀在青海基地发现一个重要数据，急于赶回北京研究，便搭乘了夜班飞机。谁料，飞机在北京坠毁，当人们从机身残骸中找到他时，吃惊地发现他同警卫员牟方东紧紧抱在一起。烧焦的两具尸体中间，紧紧夹着装有绝密文件的公文包，完好无损！

2016年11月29日，黄大年在北京去往成都的最晚航班上，疼晕过去两次。当急救车一路开进成都第七人民医院，医生想要为他做初步检查，却怎么都拿不开他抱在怀里的电脑。过了一会儿，他终于清醒过来，却赶紧摸了摸怀中的电脑，喘了一口气，对旁边的同志说："我可能不行了……我要是不行了，请把我的电脑交给国家，里面的研究资料很重要。"

还有人说，黄大年一生都在追随他景仰的老校长。

距离地质宫不远处的校园一隅，李四光塑像端坐在红色花岗岩基座上。他身着中山装，面带微笑，深邃的目光仿佛在凝望远方，又像在注视来往的学子。

2009年回国后，黄大年不止一次，漫步校园，舒缓疲劳。夏天，他常常沿着幽香的花径，穿过科技之星小广场，来瞻仰他尊敬的老校长。冬天，他踏着厚厚的积雪，一路看过青松挺立、蜡梅芬芳，来到老校长面前伫立、沉思，耳边仿佛还回响着老校长那句掷地有声的话语："我是炎黄子孙，理所当然地要把学到的知识全部奉献给我亲爱的祖国。"

报春花开了又谢，冰凌花化了又结。如今，地质宫507办公室再没有那盏长明灯，可黄大年那般虔诚的仰望仿佛就定格在那里，引起人们无限遐思：

六十六年前，新中国第一所地质学校——东北地质专科学校在此诞生，突破层层阻力刚从英国回国不久的李四光担任第一任校长。那时的中国积贫积弱，李四光是怀着切肤之痛回国的；如今，作为世界第二大经济体的中国，科学技术突飞猛进，黄大年选择回国并为此而献身，又是为了什么？是冥冥中一种历史的轮回？还是中华民族魂魄中绵延不息的一种不可阻挡的力量？

那是一代代科学家对前辈的仰望，那是一颗颗赤子心对祖国的表白，那是千千万万知识分子对信仰的守望！

有一次，黄大年特意约上师兄韩晓峰，一起追忆他们的老师、地球科学学院的张秋生教授。

1987年，张秋生去非洲参与一个国际合作的地质项目，由于出境时没有注射疫苗，在非洲染上了黄热病，回国时飞机还在新疆上空，他就撒手人寰。

“那个年代出国的机会很少，别人都是带这带那，可他一个知名教授，机组人员发现他除了地质标本外，行李中只有半盒没用完的火柴。”

两人说着说着，黄大年就落泪了。后来，在新生开学典礼上，他对学生们说：“在这片充满‘励志图强’灵魂的土地上和校园里，走出了一系列闪光的人物。你们将会认识这些闪光名字的时代风采和可歌可泣的人生写照。他们的昨天是你们的今天，他们的成就是你们的未来，更期待着你们青出于蓝而更胜于蓝。”

现在，黄大年也成为这个校园里，一个可歌可泣的名字。吉林大学常务副校长邴正时常想起他每次风尘仆仆来参加会议的样子，想起他在校庆大合唱时唱起《勘探队员之歌》的样子，想起他一次次为新兴交叉学科学部奔走呼吁的样子……

再一次沿着黄大年的足迹，邴正登上地质宫顶层的观礼台。偶尔，大年会来这里，沿着长春市的中轴线俯瞰南望，宽阔的文化广场，耸立的太阳鸟雕塑和高大的长春解放纪念碑，郁郁葱葱的南湖公园，以及微波荡漾的南湖碧水，尽收眼底。那满眼的绿色中，飘扬的五星红旗格外耀目。

郇正落泪了。令他落泪的不仅仅是大年的英年早逝，还有在这片土地上，一代代人血脉中那不朽的精神传承。尽管岁月流逝，世事沧桑，那种至诚报国的爱国主义精神和拼搏敬业的理想主义精神，还依然令生命澎湃，让灵魂沸腾。

不同的时代，一样的情怀，一代代人掀起振兴中华、复兴民族的浪潮。

1949年10月1日，天安门广场上的庄严宣告，如激昂号角，召唤海外赤子。“落后就要挨打”的切肤之痛，催促着钱学森、李四光、华罗庚、邓稼先等一千多名留洋学子冲破层层封锁，匆匆奔回新中国。

2013年10月21日，习近平总书记在欧美同学会成立100周年庆祝大会上的讲话，又如徐徐春风，荡漾在黄大年等海归科学家的心中——“我们比历史上任何时期都更接近实现中华民族伟大复兴的宏伟目标，我们也比历史上任何时期都更加渴求人才。”

“回国不需要理由，不回国才需要理由！”曾经，物理学家彭桓武的这句话，激起过后辈黄大年的豪情壮志。

“能够越洋求学，获取他山之石仅是偶然，回归故里报效祖国才是必然。”现在，黄大年自己的话语也同样掷地有声。

报国正当其时，圆梦适得其势。祖国的发展与复兴的伟业，形成一块更加巨大的磁石，吸引他们毅然舍弃国外优越的条件回到祖国。

结缘于“千人计划”，黄大年与施一公这两个海归科学家“没有单独吃过一次饭，每次谈话不超过半小时”，却分享着一份最厚重的感情。

黄大年曾问施一公：“一公，我们身在海外，真切感受到祖国的差距，你是不是也忍不住想要回来，想要撸起袖子大干一场？”

施一公回答说：“是啊！科学研究不全身心投入，根本不可能有重大突破，不足以解决重大问题，不足以对国家做出同样级别的贡献。”

“一公”寓意“一心为公”。作为世界有影响力的结构生物学家，施一公被誉为最接近诺贝尔奖的华人科学家。有人问他为什么回国，他回答说：“我觉得我欠了中国一些东西！”

美国普林斯顿大学分子生物学系建系以来最年轻的终身教授和讲席教授、美国艺术与科学院院士、美国国家科学院外籍院士、五百多平方米的独栋别墅，一英亩的花园……尽数在一夜之间被施一公抛在身后。

黄大年与施一公，又是何其相似。

送别黄大年，施一公声音颤抖，只说了一句：“一个赤胆忠心的人走了。”

赤胆忠心。这就是人们仰视他的理由。

他恨不能用生命熔铸成一把钥匙，去为祖国打开大地深处的宝藏之门。他更想把自己燃成炬火，去融化科研体制中那些浮于表面的坚冰。

在生前最后一次接受新华社记者采访时，黄大年曾缅怀几位“默默无闻就走了”的“千人专家”，“在中国做科学，像我这样的人挺多的，玩命去干，好了接着干。为什么这么干？其实很简单。国家的事都是大事啊！……能让中国立足于世界民族之林，有一帮人在拼命，不是我一个人，一帮人全是这种心态，一帮‘疯子’，我们在一块儿可热闹了，这是一个群体。”

黄大年曾问杨长春：“我们国家如何走向世界一流？今天科技界缺的是什么？我们凭什么干不过外面？凭国家对科技需求不紧迫？凭我们不努力、不拼命？”

杨长春知道答案：“他想落实科研规范，他坚持科学不是个人爱好、自由烂漫，只能是国家的根本利益。只有把科研规范抓好，才能使科技的投入产出比提高，科技从并行到领跑的速度加快。”

杨长春也看到结果，“大年刚回来时，国内的同行正在朦朦胧胧开始摸索着干，硬件和软件都不太行，他和许多‘千人计划’专家带回来系统化的管理思维和技术方法，潜移默化地改变了很多事情。”

爱因斯坦曾说，不要希求做一个成功的人，要努力成为一个有价值的人。

这是科学家的价值观，也是理想者的座右铭。

“为了理想，我愿做先行者、牺牲者。我已经五十多岁了，生命也就这么几年了，能做出点儿事情，让后来人有一条更好走的路。”黄大年在接受采访最后无意中讲出的这番话，让团队成员刘杰唰地一下流下眼泪。

彼时，他的头发已掉了不少，他的眼角已满是疲倦，但他的神情却依然刚毅：如果能加快祖国科技的发展进程，这何尝不是一种负重前行的幸福，又何尝不是一种国之利器的力量！

黄大年回国后工作了七年，他没有行政职务、没有院士头衔、没有学术论文，就像他对大地深处所做的那些研究一样，几乎没有走进过公众的视野。

他对采访他的新华社记者说：“你看我们家，没什么东西，空空的。我生活很简单，我的钱都用在什么地方？用在学生身上，资助他们出国，干科研的事情。那么大的项目，吉大一分钱也没有，我一分钱也没有，你见过吗？首席科学家一分钱也没要，别看项目上亿元。我就是喜欢这个事情，就是一种享受。钱什么的没多想，国家给我的够用了。”

马斯洛曾把人类需求像阶梯一样，从低到高按层次分为五种，分别是：生理需求、安全需求、社交需求、尊重寻求和自我实现需求。在这个物质丰富而极容易使人沉迷的时代，科学家的自我实现，并不是多么奢华的生活、多么显赫的名气，而是科学研究为国家与社会，乃至全人类创造的更大价值。

20世纪50年代，一位物理学家从英国回来，在西北核试验基地隐姓埋名一干就是二十年。直到2013年获国家最高科学技术奖以后，人们才注意到这位名叫程开甲的白发老人也是“两弹一星”功勋奖章获得者。

有人替他不值："你如果不回国，成就会更大。"程开甲却回答：我不回国成就或许会更大，但绝不会有现在这样幸福，因为我现在做的一切都和我的祖国联系在一起……

初心即是永远。这一生，无论经历怎样的艰辛、面对怎样的困惑，总有这样一群人，从未忘记自己为了什么而出发，又为了什么依然在路上。

有人也曾替黄大年不值："他要是不回国，是不是不会这么苦？"

"苦吗？不苦。"

杨长春替他回答："从整体上讲，大年回国后是幸福的。就像一滴水，不管有多曲折，汇入了大海，融入了潮流，终将改变历史的潮汐，而那之中，留下了他的印迹。"

2017年2月24日，中共吉林省委、省政府追授黄大年同志为"吉林省特等劳动模范"，并作出开展向黄大年同志学习活动的决定；

2017年4月5日，教育部追授黄大年同志"全国优秀教师"荣誉称号；

2017年5月24日，中共中央总书记习近平对黄大年同志先进事迹作出重要指示；

2017年5月25日，中国科协、科技部追授黄大年同志"杰出科学家"荣誉称号；

2017年5月26日，中宣部向全社会公开发布“践行社会主义核心价值观的优秀知识分子”黄大年的先进事迹，追授黄大年同志“时代楷模”荣誉称号；

2017年5月27日，国务院侨务办公室追授黄大年同志“至诚报国　归侨楷模”荣誉称号；

2017年6月7日，中共吉林省委追授黄大年同志“全省优秀共产党员”称号；

2017年6月8日，中国侨联追授黄大年同志“侨界楷模”荣誉称号；

2017年7月20日，中华全国总工会追授黄大年同志全国五一劳动奖章；

2017年7月23日，中共中央追授黄大年同志“全国优秀共产党员”称号；

2017年11月17日，中央精神文明建设指导委员会追授黄大年同志“第六届全国道德模范”荣誉称号。

后　　记

甘地曾说：我的生命就是我的讯息。

在寻访海归战略科学家黄大年的过程中，我们曾经无法理解他的生命轨迹。在当下惯见的世俗中，他的很多做法太过“高大上”，似乎“不真实”。我们一直在追问，想寻找一个可以为他的生命做出合理解释的答案。

初次到长春采访，正值春节假期。很多师生却不回家，他们在实验室从早忙到晚，有的干脆就在507办公室外等着，“你们要了解黄老师，需要我们等到几点，我们就等到几点。”

在平凡的相处中，黄大年谦谦有礼、温润亲和，人们说起他总是念着他的微笑、他的热情，如父如兄，永远都在最需要的时候，给予旁人不能及的帮助和关怀。所以当他猝然离去，他的形象就会在人们的点滴回忆中跳脱出来，历久弥新、清晰而深刻。

采访常常不得不中断，总有一句话让我们一次次任瞬间迸发的泪水锁住视线。有一次，采访吉林大学留学人员联谊会的三位女同志，我们刚说了句：“请你们就说一说和黄老师相处过程中让你们印象最深的事好吗？”结果李丽虹直接捂住脸，泣不成声；任波抬起了头，望向别处，拼命抿着嘴，不断用手抹去眼角溢出的泪；肖晞直接站起来，走了出去。顿时，整个会议室里没有声响，所有人用静默哀悼着“那个像太阳一样的人”。

后来，肖晞先开了头：“什么也无法说服我，什么也无法令我释然。只是一位老师说的这几句话还能略略缓解——‘那天参加大年老师的告别仪式，觉得大年老师已经和祖国的山川融为一体，天空中的流云、奔腾的河水，都能找到大年会长的回声……大年老师，您在哪儿？您还好吗？您相信生命的轮回吗？……’”她的话音未落，屋子里又只剩下啜泣的声音。

还有一次，是他的助手于平很平常地说起黄老师爱吃米粉，可他工作离家乡太远，又在东北，只能趁着到北京出差的时候四处寻觅米粉店。我们正有些出神，于平又接着说，1月13日，送别黄老师那天，她和其他两位团队成员正好要连夜坐火车去北京申报课题，那是黄老师生前就布置好的，一定要完成。

申报通过后，三人一起去了黄大年生前常去的一家米粉店：“黄老师是广西人，米粉就是他家乡的味道，我们点了五碗，有两碗是给他点的。他常说，吃东西可以汤汤水水，但做事千万不能汤汤水水，唯有认真对待每一个细节，才能成就最好的结果。”

那一刻，脑海中只剩那两碗冒着热气的米粉，静静地等在那里，等着那个再也不会回来的人……

为什么？很多人，因为时空的阻隔、境遇的改变，渐行渐远，不再回头。而他饱尝半生艰辛，一颗心依然滚烫。

为什么？他已经站在了人生的巅峰，有多少人望而兴叹、欲求不得，可他却挥手告别、毅然决然！

夜深人静，我们整理笔记，从入党誓言到毕业赠言，从为了学校科研放弃出国到完成留学任务立刻返回，从听到国歌会流泪到主动去当申奥志愿者，不同的讲述者、相似的情节，让我们渐渐感到，他的爱国如此刻骨。海漂多年，这份爱太炽热、太强烈，无法含蓄，也无须掩饰。所以他高调的表达会震撼了别人，他燃烧的激情又感染着别人。

从叹服到感动。那是同为中华儿女的我们与黄大年产生的共鸣，也是同为知识分子的我们对黄大年心生的亲近。渐渐理解，他对母校的恋旧、对祖国的眷念既是一个时代播种在一群人心中的深厚情感，也是不平凡的人生际遇给予他的精神丰盈。

接触的人越多，问的问题越细，越感受到他强烈的深情；越是有新的线索，越停不下寻访的脚步；越是有相似的故事，越肯定了此前的判断：爱国是我们能找到的唯一答案。因为这份爱，他把祖国的需要都当成国家事业全力以赴，他把每一个学生都当成未来栋梁倾心培养，他把自己的一切都看得微不足道，却把生命的火光都给了身边的人。

这份爱就像一个预设的程序，在童年的教育、少年的成长和半生的奋斗中，已深深融入他的信仰，他愿意用一生去认定，用生命去完成。

从冬到春，又从春到夏，我们一次次走近他的团队师生、亲朋好友，形成三十余万字的采访笔记。每天十几个小时的工作，我们沉浸其中，不觉其苦，脑海中总在想象着他深夜奔波在路上的情景，想象着他用一杯杯咖啡和刺骨的冷空气提神的样子，想象着他赶到女儿婚礼上那疲惫而又幸福的微笑。

我们遇到过难题。有的人说，他在科研项目的分配中不徇私情、“不讲情面”；有的人说，他在科研项目的管理中，“盯得很紧”、有责必问；还有人说，因为他的理念与很多现行的做法格格不入，他最初回国的那段时间是“孤单”的。

透过很多人欲言又止的表情，可以想象，在科研规范尚未成熟、管理机制尚在摸索的中国，黄大年想做“第一个吃螃蟹的人”，有多难。

我们试探着让一些采访对象说一说黄大年的“不食人间烟火”。有些人是不敢说的：他们身处“圈子”之中，依然谨小慎微地循着既定的规则，不越雷池半步。

我们问了很多黄大年生前同事，他有没有发过脾气？他们摇了摇头，想不起来。直到他的秘书王郁涵提到他因为有些课题组成员的工作态度而“摔手机”，我们如获至宝。

为了科学，黄大年不惜一切。

当我们走进地质宫旁的机库，站在那架试飞成功的样机前，想象着拆迁队突然来拆除机库时、黄大年情急之下躺在卡车前的情形，随口就问了句：黄老师当时躺在哪儿？

焦健用手一指门前的那块水泥地，眼圈红了，“那儿，应该就在那儿。”

一瞬间，我们流泪了，怔怔地盯着那片空地。

在这个人们的内心时常被浮躁困扰的时代，他的本真、他的个性，难得如斯、珍贵如斯。这不正是这个社会所呼唤的清流，不正是我辈知识分子应该具备的良知与担当？！

通过寻访黄大年，我们也结识了他的朋友。

黄大年的助手于平无意中说了一句话，说施一公得知黄大年病危，连夜为他四处联系医生会诊。

我们很想知道，这两位身处不同研究领域、回国前并无交集的“千人计划”专家究竟因为什么，交情如此深厚。为了采访施一公，我们等了近十天，每天联系，他都发来短信“在忙，稍后联系你”，直到有一天晚上11点，他拨通我们的电话，上来第一句说：“我真的很抱歉，这段时间我有个研究内容很关键，我吃饭都是在以秒来计算。”

“以秒来计算”，这让我们立刻想到了“惜时不惜命”的黄大年。同样的功成名就，同样的“科研疯子”。

他讲到他们因为同样的目标与心境而产生的默契，他讲到他们遇到同样的困难与挑战而相互鼓劲，到后来，说到送别，他只说了一句，声音有些颤抖：“一个赤胆忠心的人就那么走了……”

我们没有再问，因为已无须再问，对于这样一群一心报国的人而言，还有什么比壮志未酬身先死更令人扼腕痛惜？！

在这群人身上，不仅仅有爱国。他们既爱国又有一身本领，他们是把爱国的理想和科学的追求完美结合起来的人。

董树文是我国深部探测项目的首席科学家。最初和他谈起黄大年去世，他没有其他人那么感性，但是他却把黄大年对科研体制的贡献、对科研攻关的创新一一历数，甚至把一些很多人不敢讲、不愿讲的黄大年挑战科研体制的细节都告诉了我们。

黄大年曾因为着急科研进度、抱怨人浮于事和董树文“发飙”，我们原以为，在领导和学术权威的双重身份中，董树文会不高兴，甚至会排斥黄大年，可是他却面带微笑、云淡风轻地说出了那段往事，说出了他是怎样劝慰他，又是怎样支持他。那一刻，我们内心是触动的，触动于他们面对科学的实事求是，触动于他们超凡脱俗的处世之道。

我们问了董树文一个问题：“怎么理解黄大年对科学探索的疯狂？”他没有迟疑，就给出让我们瞬间折服的回答：“科学家就得有这种激情，才有创新的驱动力，我是搞地质的，我自己现在上山前都要打针，往半月板里打针，因为我的半月板已经碎了，但是我觉得很幸福，因为一辈子干的事是你愿意干的，是很幸福的。大年也一样，一辈子能有几次机会接近自己的梦想，是幸福的。”

说完，严谨的董树文笑得很骄傲！那笑里，有探索者的豪迈，也有报国者的真情。

那一刻，我们的眼眶很热，我们在他身上看到了黄大年，看到了一批“中国从来不缺的痴心的科学家”。我们也许不懂他们的科学，但我们却深深懂得了他们的心灵和力量。

仿佛一夜间找到一把钥匙，我们走近了黄大年。再不需要任何文字的修饰，那些故事就从心间、笔下流淌出来，像清澈的溪水，映照着他纯粹的灵魂。

从没有这样一种写作经历，一个逝去的人开始频繁走入梦境：

圣诞平安夜，独自在机场默默挥别英伦生活的黄大年。

地质宫翻修时，一手写报告，一手抱个水盆接雨的黄大年。

组织郊游时，跪在地上给大家照相照到后背湿透的黄大年。

当上班主任，自己掏钱给学生买电脑、订期刊的黄大年。

汇报项目前，抓起一把速效救心丸就塞到嘴里的黄大年。

连夜奋战后，“咣当”倒地却不许学生说出去的黄大年。

……

在梦中，我们就在他左右，有千言万语想冲口而出，却又不知从何说起……在这种似真似幻的梦境中，无数情绪交叠纠缠，有冰点，也有沸腾，有泪痕，也有火光。

尽管我们再三争取，张艳从没有接受过采访，但仅通过他人的讲述，就足以令人椎心刺痛。他们一路相携，从没见他们红过脸，他尽力抽出时间带她参加学校组织的活动，为她照相，两手相牵；为了能回家多陪陪她，如果当天能够返回，他常在外地开完会就直奔机场、车站。他走后，她只守着他，不再与外界对话。这样一种相守，远比朝朝暮暮还要情深义重，让人每每想起都愈加心痛。

于平说，黄老师唯一一双正装皮鞋和一套正装西服是一次在国外开会时赶着去买的。会议要求着正装，黄老师本来想按以前的办法，管当地的朋友借，结果发现没有和他尺寸相当的，只能赶着买了一套。在这样一个功利化的社会，黄老师这么一个经手的都是几亿元大项目的人，却过着这么朴素而超然的生活。

而就是这样质朴的人，每当听闻学生家里有困难，他就掏钱资助，不知道为此花了多少钱。扪心自问，有几人能做到？所以他的学生们说，“老师不是普通的人”。所以他才会带给每一个走近他的人，一种心灵的震撼、一种精神的洗礼。

难忘黄大年的妹妹黄玲发来的一张黄老师照片和他外孙照片的拼图。看着两人相似的轮廓，我们一瞬间被冥冥中生命的轮回感击中，一种从生命中超脱、在死亡中升华的体验使我们内心陷入久久的澎湃。那是一种厚重到可以深藏经年，浓烈得可以喷薄而出的情绪，使我们写下每一个字时都充满敬畏、不敢矫作。

黄大年走了，他生命的冰点却点燃了很多人的灵魂。

总在深更半夜接送他的刘国秋很朴实，也很直白：“我们没白没黑地拉活儿，是为了赚钱，可是你说黄老师图什么啊？我和他说话不多，他上车经常倒头就睡，可是我能感觉他是个大人物，他不缺钱，可是他这么拼命干工作，他就是有钱也没命花啊。”

刘国秋的话，叩击着我们的心灵。

刘国秋依然保存着他和黄大年轮流用过的那套枕头和毯子，赶上深夜拉活儿，他还会枕着、用着。他说：“黄老师的骨灰还存放在长春，如果哪天他的骨灰要运回老家，别人不拉他我拉他。”

还有吉林大学艺术学院的姚立华老师。她说，在一次“强迫”黄老师参加的娱乐活动中，大家为他点了一首《红河谷》，唱完后他很高兴，又主动点了一首《送战友》。姚立华记得，这是那天晚上黄老师唯一点的一首歌，他唱得投入而动情。

姚立华说：“黄老师，您一定要学唱《鸿雁》，和您的气场很合。”他却有些羞涩地说：“姚老师，其实我还是最喜欢《我爱你，中国》，我一定要学会这首歌。”

黄大年走后很久，姚立华基本不敢碰《我爱你，中国》这首歌。她说：“黄老师给这首歌灌输了一个新的意义，再唱这首歌已经完全不同了。他教我懂得，唱歌的人究竟在唱什么，其实唱的就是一颗心，否则你所有的技巧都没有意义……”

听她说这番话的时候，我们又一次不能自已。是啊！黄老师也教我们懂得，如果我们写不出那一颗心，所有的技巧都没有意义。

最后一次离开长春前，焦健带着我们去了长春殡仪馆，殡仪馆街边的商店都很简陋，我们只得买三枝仿制的黄菊花，默默地走向骨灰存放室。

骨灰存放室内，黄老师的格子是第67号。骨灰盒上，覆盖着一面党旗。他的相片旁边，学生们用水晶镜框装裱了习近平总书记对他的先进事迹做出的重要指示。那上面，“心有大我，至诚报国”这八个字格外醒目。

清明节、端午节、父亲节，学生们都给黄老师带了礼物：一把微型小提琴，一个羽毛球拍挂饰，一瓶黄老师爱用的CK香水……

还有一棵水晶苹果树，五彩的苹果挂在树梢，只有一个掉落在地，象征着牛顿的万有引力研究。学生们懂他，他一生做的研究都与此有关，也许在另一个世界，他看到这些，也会欣然一笑吧。

看着那个掉落的苹果，我们又一次落泪了。很抱歉，黄老师，总说人的生命有轻如鸿毛，有重于泰山，你生命的重量留给这世间的震撼，也许我们的笔力难以企及万一。

静默良久，我们把花轻轻地放在柜子的脚下。然后低下头，深深地，鞠躬、鞠躬、再鞠躬。

不说再见，因为我们相信在未来的一天，还会遇到更多的“黄大年”。

不再悲伤，因为这片他用生命交付的大地，已铭刻他无声的誓言。

曾有人说，遇见，即是一次改变。

遇见黄大年，让我们意识到，人的灵魂假如只是拘泥于个体的褊狭之中，便只能陶醉于自我的小小成就。当我们每天抱怨着这尘世的苦与累，当我们内心的天平常因为私利的得失而倾斜，总有这样的人，梦想让国家和人民都能有更加美好的明天，他们便乐于为着这梦想，做出伟大牺牲！正是这样的人聚合起来，才成就了事业，凝聚起信仰，推动了中国！

黄大年为祖国而澎湃的生命，也让很多人与我们同样澎湃着……看着网友们“看哭”“中国脊梁”“国士无双”等如潮的评论，我们深切感到，媒体就是时代的一面镜子，媒体映照什么，时代就是什么。在这个所谓“大师尽逝、信仰缺失”的时代，有很多人依然在期待一种主流的价值去点亮他们的心灵，期待一种温暖的精神去浸润他们的灵魂。

习近平总书记对黄大年先进事迹做出重要指示以来，全国范围内发起“向黄大年同志学习”活动，黄大年事迹报告团深入各地巡回宣讲。

“虽然黄老师已经变成了一个‘典型’，但他其实不需要任何拔高”，于平常常会想，如果黄老师活着，他依然会希望人们写他的时候不要夸大，“因为他生前是那么真诚和低调的一个人，如果不能如实还原，他心里会很难过”。

美丽的生命从来无须雕琢，因为它本就简洁而深刻。

任波说，大年学长会一直活在人们心里。因为他给这个世界以启示：生命除了长度，还有深度和高度。“怎样让有限的生命更有意义？大年学长用他走过的足迹给了我们答案……”

泰戈尔曾说，天空没有留下翅膀的痕迹，但我已经飞过。

如果只能活一次的生命可以如此壮阔，一生亦是永恒。

而今，地质宫五楼那扇熟悉的窗户，再也没有寒夜的灯火。于平说：“已经习惯了每次走过文化广场，都会抬头望向地质宫五楼那个窗口，通常黄老师办公室的灯都会亮到后半夜，甚至更晚。可是从现在起，我再也看不到灯光，因为那个点亮它的人累了，想休息了，而且一狠心给自己放了一个没有期限的长假……”

从不懂他到理解他，再到唤起更多的人仰望他、追随他，黄大年以生命引领我们发现：如果我们手握的那支“笔”能够忠实记录这份热爱与忠诚，他用生命点亮的那盏灯就会照得更远、永不熄灭。

人物名录

黄大年，男，广西南宁人，1958年8月出生，1975年10月参加工作，中共党员，著名地球物理学家、国家“千人计划”专家。生前担任吉林大学新兴交叉学科学部学部长，地球探测科学与技术学院教授、博士生导师。

2009年，成为第二批国家“千人计划”学者；

2011年9月，荣获2008—2010年度吉林大学“三育人”标兵称号；

2011年12月，荣获吉林大学“十一五”科技工作突出贡献奖；

2012年8月，荣获中华全国归国华侨联合会中国侨界贡献奖；

2012年9月，荣获“长春市劳动模范”称号；

2014年10月，荣获“吉林省劳动模范”称号；

2016年9月，荣获吉林大学“十二五”科技工作突出贡献奖；

2017年1月8日，因病逝世，享年五十八岁。

（以下排名不分先后）

张　艳　黄大年爱人

黄　潇　黄大年女儿

黄大文　黄大年弟弟

黄　玲　黄大年妹妹

施一公　清华大学副校长、国家“千人计划”专家

马芳武　吉林大学汽车研究院副院长、国家“千人计划”专家

王献昌　成都凯斯人工智能研究院院长、国家“千人计划”专家

崔军红　吉林大学计算机科学与技术学院教授、国家“千人计划”专家

田　梅　浙江大学医学院杭州滨江医院副院长、国家“千人计划”专家

王小烈　黄大年大学同学，中国地质科学院原党委书记

董树文　中国地质科学院原副院长，现任南京大学教授、中国地质科学院地球深部探测中心首席科学家

朱日祥　中国科学院院士、中国科学院地质与地球物理研究所原所长

杨长春　中国科学院地质与地球物理研究所原副所长、现任研究员

高　平　国土资源部科技与国际合作司副司长

张贵宾　黄大年大学同学，中国地质大学教授

乔纳森·沃特森　国际航空物理学家

邴　正　吉林大学常务副校长

韩晓峰　吉林大学原副校长

刘　财　吉林大学地球探测科学与技术学院原院长

林　君　吉林大学仪器科学与电气工程学院原院长

任　波　吉林大学原统战部副部长、现任吉林大学教育工会副主席

黄忠民　吉林大学地球探测科学与技术学院原党委书记，现任吉林大学研究生院副院长

姚立华　吉林大学艺术学院副教授

李丽虹　吉林大学公共外语学院教授，吉林大学欧美同学会（留学人员联谊会）副会长

肖　晞　吉林大学行政学院国际政治系主任

王永泉　吉林大学退休教师

谷　玥　吉林大学第一医院肝胆胰外二科护士长

刘国秋　吉林鹏泽汽车有限责任公司司机

于　平　吉林大学地球探测科学与技术学院　教授（黄大年助手）

刘　杰　吉林大学仪器科学与电气工程学院　教授

王郁涵　吉林大学地球探测科学与技术学院　教师（黄大年工作秘书）

孙　勇　吉林大学地球探测科学与技术学院　博士生（黄大年学生）

焦　健　吉林大学地球探测科学与技术学院　副教授

周文月　吉林大学地球探测科学与技术学院　博士（黄大年学生）

于显利　吉林大学地球探测科学与技术学院　副教授

周　帅　吉林大学地球探测科学与技术学院　教师（黄大年学生）

张代磊　吉林大学地球探测科学与技术学院　博士生（黄大年学生）

唐水亮　吉林大学地球探测科学与技术学院　博士生（黄大年学生）

贾继伟　吉林大学地球探测科学与技术学院　副教授

乔中坤　黄大年老师的研究生，现在广州海洋地质调查局工作

张　冲　黄大年老师的研究生，现在中国地质科学院工作

王泰涵　吉林大学地球探测科学与技术学院　博士（黄大年学生）

侯振隆　黄大年老师的研究生，现在东北大学工作

马国庆　吉林大学地球探测科学与技术学院　副教授

赵思敏　吉林大学地球探测科学与技术学院　硕士生（黄大年学生）

高秀鹤　吉林大学地球探测科学与技术学院　博士（黄大年学

生）

姚永明　吉林大学机械工程学院　副教授

卢鹏羽　吉林大学地球探测科学与技术学院　教师（黄大年学生）